Solo un poco aquí

MARÍA OSPINA PIZANO

Solo un poco aquí

RANDOM HOUSE

El papel utilizado para la impresión de este libro ha sido fabricado a partir de madera
procedente de bosques y plantaciones gestionadas con los más altos estándares ambientales,
garantizando una explotación de los recursos sostenible con el medio ambiente y beneficiosa para las personas.

Penguin
Random House
Grupo Editorial

Solo un poco aquí

Primera edición en Colombia: abril, 2023
Primera edición en México: noviembre, 2023

D. R. © 2023, María Ospina Pizano

D. R. © 2023, de la presente edición en castellano para todo el mundo:
Penguin Random House Grupo Editorial, S. A. S.
Carrera 7 # 75-51, piso 7. Bogotá, Colombia
PBX: (57-1) 743 0700

D. R. © 2023, derechos de edición mundiales en lengua castellana:
Penguin Random House Grupo Editorial, S. A. de C. V.
Blvd. Miguel de Cervantes Saavedra núm. 301, 1er piso,
colonia Granada, alcaldía Miguel Hidalgo, C. P. 11520,
Ciudad de México

penguinlibros.com

Diseño de portada: Penguin Random House Grupo Editorial
Imagen de portada: «Calila visita al encarcelado Dimna», Folio de Calila e Dimna,
Colección Alice and Nasli Heeramaneck, donación de Alice Heeramaneck, 1981.
Colección Open Access Museo Metropolitano de Arte de Nueva York.
Imagen de colofón: «Gorriones volando», Watanabe Seitei (Japón, 1851–1918).
Colección Charles Stewart Smith, donación de Charles Stewart Smith,
Charles Stewart Smith Jr., y Howard Caswell Smith, en memoria de Charles Stewart Smith, 1914.
Colección Open Access Museo Metropolitano de Arte de Nueva York.

ISBN: 978-607-383-994-5

Impreso en México – *Printed in Mexico*

Para Eleazar y todas sus criaturas.
Para los perros que desde niña me han acogido.
Para la tángara escarlata, que espero que siga viva.

I
Coloquio de las perras

A donde quiera que vaias, te tengo de seguir.
Ep-quaque va vm nangaxin, vm suhucas inanga.

ANÓNIMO, *Gramática breve de la lengua Mosca* (c. 1612)

Lo que yo he oído alabar y encarecer es nuestra mucha
memoria, el agradecimiento y gran fidelidad nuestra; tanto,
que nos suelen pintar por símbolo de la amistad; y así, habrás
visto (si has mirado en ello) que en las sepulturas de alabas-
tro, donde suelen estar las figuras de los que allí están
enterrados, cuando son marido y mujer, ponen entre los dos, a
los pies, una figura de perro, en señal que se guardaron en la
vida amistad y fidelidad inviolable.

(Cipión, un perro, a su amigo Berganza, otro perro)
MIGUEL DE CERVANTES, "El coloquio de los perros"

Y en esa calle de estío,
calle perdida,
dejó un pedazo de vida
y se marchó.

HOMERO EXPÓSITO,
"Naranjo en Flor"

Yo tenía dos Perros. Vigilaban atentamente para asegurarse
de que todo fuera dividido de manera justa —la comida, las
caricias, los privilegios—. Los animales tienen un firme
sentido de la justicia. Recuerdo la mirada en sus ojos cada vez
que yo hacía algo malo, cada vez que los regañaba injusta-
mente o que no cumplía con mi palabra. Me contemplaban
con una pena tan espantosa, como si simplemente no pudieran
comprender cómo había podido yo romper la ley sagrada. Me
enseñaron la más básica, pura y simple justicia.

OLGA TOKARCZUK,
Sobre los huesos de los muertos

Kati inclina el cuello, alza las orejas y afina el oído, como siempre hace para descifrar los enigmas.

—¡Eche pa la casa, mi chanda hermosa! —le ordena él con ese amor recio con el que suele hablarle, mientras dos hombres uniformados lo alzan de los brazos y él patalea en el aire.

Ella dobla el pescuezo hacia el otro lado y vuelve a ladrar. Debe de saber que ya está en la casa, aunque tan solo hace unos días hayan llegado a vivir a aquel parque. Quizás se pregunte si él le está hablando del callejón de antes, en el que vivieron hasta hace poco, de donde los sacaron con muchos otros una madrugada reciente a punta de chorros de agua y gases lacrimógenos.

Parecen enfurecerla aún más los gritos que él lanza cuando los tipos lo arrastran hacia la camioneta. Entonces se une al alboroto con aullidos más roncos que le llenan de espuma la boca. Intenta lanzársele a uno de ellos, pero se refrena para esquivar la patada que recibe.

—Cuídese, mi Katica, y espéreme en la casa, que yo ya vuelvo —le ruega el cautivo mientras lo suben al baúl de la camioneta que chisporrotea luces azules sobre la calle—. Le prometo que ya casito, mi niña. Cuente con eso. ¡A la casa!

A lo mejor Kati deja de escucharlo cuando los hombres cierran la puerta. Corre hacia la máquina que arranca y lo destierra. La persigue por dos cuadras al galope, como queriendo hacerla frenar con su coraje, como si no tuviera duda de que sus ladridos pueden desguazarla. Parece no saber qué hacer con su furor cuando ve que ha perdido la carrera. Esquiva una motocicleta que por poco la arrolla en medio de la calle. Ladra más desde la acera solitaria. Tal vez sea rabia lo que dispara por los pelos erizados del lomo. Quizás en las muelas se le condensen las ansias de morder a alguien. Gruñe sin escucha. No queda nadie que la advierta a esa hora de la noche en que las calles del centro están casi desiertas.

Dejando escapar de vez en cuando alguno de los ladridos iracundos que aún le bullen por dentro, parece recordar la orden y la promesa que él le hizo, y regresa. A la casa de ahora, al pie del guayacán joven del parque, donde en la madrugada él aparca la carreta y tiende los plásticos y arma el cambuche de cartones, donde suelen enroscarse ambos entre las cobijas a batallar contra la fatiga y el helaje.

Encoge las patas y se enrolla en las mantas como buscando aferrarse al calor que él alcanzó a dejar untado allí antes de que se lo llevaran. Esta vez no duerme, aunque quizás esté cansada después del merodeo nocturno de siempre. Jadea, pero tal vez no de calor. Vigila la esquina por la que él se fue, como si no quisiera perderse el momento en que regrese. Algunos hombres vuelven de trabajar con sus carretas y las plantan cerca. Gente que también tuvo que salir corriendo la madrugada en que entraron los tanques y las mangueras del desalojo a destruir su refugio. Parece reconocerlos. También a la señora que llega a esas horas a instalar el carrito de arepas frente al motel que siempre está abierto. Tal vez desde allí Kati huela, y le guste, el aroma a mantequilla quemada y queso. Entre el polvero los buses anuncian la llegada de la madrugada con su ronquera de máquinas menguadas. Brota un olor a lluvia ligera, a nubes diáfanas que rozan el suelo, y ella se resguarda un poco más debajo de la carreta sin perder de vista la esquina por donde él desapareció con su promesa.

Desde pequeña sabe defender la casa de los ladrones. Sabe cuidar los cartones y las latas, las mantas, el radio, las bolsas de pan, las botellas de agua, la caja en que él guarda los sobrados para ella, las botas de caucho y el impermeable para los aguaceros, las herramientas y la cuerda, los costales con reciclaje y las lonas plásticas que hace poco les regalaron en una obra. Sabe erizar los pelos, encoger los labios bigotudos, destapar los colmillos y ladrar para amedrentar a quien sea. Pero esta vez no tiene que morder a nadie. Los dos tipos que rondan la carreta se alejan al notar su vigilia atenta. Después llega a saludarla el perro blanco que cojea. El amigo de tanto tiempo, el vecino que ahora también se ha mudado al parque como ella. Se huelen los pliegues con entusiasmo y se restriegan los pelos, como queriendo contar con piel y fibras las hazañas de una noche de peregrinar por el cemento. Parece que la consuela un poco verlo. Es posible que él alcance a percibir la sustancia y vibración que cimentan la zozobra de ella.

A media mañana, con el hocico urgido, Kati rasga la bolsa en la que el hombre guarda la comida que recoge para ella en restaurantes y tiendas. Se traga con velocidad el mazacote que encuentra. Como ya no hay agua en su vasija sale a buscarla en los charcos aledaños. Bebe de un pozo que se forma en el tobogán del parque infantil y regresa al trote a la carreta para no apartarse por mucho tiempo de ella. En las calles las tiendas ya están abiertas. El rumor de los carros se confunde con el pregón de los parlantes de los vendedores ambulantes que se instalan en los andenes del parque a rogar que alguien les compre aguacates, chontaduros, candados, cargadores de teléfono y pantuflas en descuento.

Al atardecer, cuando deja de pasar por ahí tanta gente y la montaña se ennegrece, los hombres del parque comienzan a partir con sus carretas. Kati se encarama en la suya, que a esa hora debería estar jalando él, a hurgar entre las bolsas en las que encuentra unos panes tajados que quizás reconozca que no son para ella. Tal vez le extrañe la quietud de ese final del día, que antes solía anunciar el inicio de sus andanzas. De vuelta en la cobija se adormila, entreabriendo los ojos cada vez que alguna disonancia interrumpe el rumor mecánico de metales y pitos y la música que aún irradia de algunas puertas. De vez en cuando arrastra los ojos hasta la esquina donde él desapareció, quizás con la ilusión de que esté por llegar. Pero en toda la noche solo detecta allí un perro que busca entre la basura regada en la acera, a cuatro hombres que regresan a estacionar sus carretas llenas y a unas cuantas personas que entran y salen del motel. A lo mejor extrañe el trajín de calle que suelen amortiguar sus patas o la alegría de husmear las basuritas que ofrece en cada borde la ciudad al anochecer. O de pronto sea algo muy distinto lo que le hace falta.

Cuando ya la mañana se decanta, Kati se sacude y sale a dar una vuelta, tal vez hambreada, pues ya no encuentra nada que comer en la carreta. Si él la viera sabría que se han mermado su trote resuelto y su audacia, que una reticencia se le ha ido filtrando entre las costillas y comienza a entorpecer su cadencia. Si él la viera notaría su nariz tensa, que con la enfermedad y el infortunio se pone árida y seca.

Kati se gana dos huesos de pollo cuando se asoma a la cafetería frente al parque donde él suele pedir sobrados para ella. En otro momento habría esperado a volver a la carreta para tallarlos con calma, pero esta vez los despedaza en el andén con el afán de las muelas. Luego dobla la esquina en la dirección de siempre, hacia las montañas que interrumpen el enredo de calles y muros por los que ambos trasiegan. Ya no se detiene a rascarse el lomo con placer como suele hacer en alguna esquina cuando callejea con él. Busca las sobras que quedan en los andenes tras el paso del camión de la basura, pero otros ya se le han adelantado a comerlas.

—¡Kati!

Corre animada a donde la mujer que barre la esquina y se agacha a olisquear la bolsa que esta le pone en el suelo. Con entusiasmo voraz se traga los huesos y el arroz que ella le ha traído de su casa. Cuando termina, vuelve a husmear la bolsa como implorando que se llene de nuevo.

—¿Tan hambrienta está hoy que me quitó el saludo? Venga, quihubo, salude a ver, que usted es una perra decente.

La barrendera le rasca el lomo brillante y ella le lame el guante trajinado.

—Usted cómo anda de patialegre y paseadora últimamente, ¿no?

Kati bate la cola y se incrusta entre las piernas de la mujer que la mima.

—Sí, tan guapa que está la perrita, tan linda como siempre. ¿Y esta vez dónde me dejó a su papito? ¡Dígale a Luis que deje de ser tan perezoso, que hace días que no lo veo!

Algo parecen aliviarla esas caricias.

Kati sigue su camino hacia la plaza a donde suele ir con él cada tarde. Sabe quedarse en la esquina del Palacio de Justicia donde él le ha enseñado a sentarse y esperar desde pequeña, mientras él se adentra por las calles que bordean la catedral, con la certeza de que le cumplirá su ya vuelvo. Sabe acomodarse detrás del letrero que él pone en el andén, vigilar el plato donde va cayendo la limosna y aguardar a que él regrese con la carreta llena de latas y cartones a felicitarla por un trabajo bien hecho. Pero esta vez una algarabía interrumpe la combustión de siempre. Una muralla de gente que salta, chifla y grita frena su paso habitual hasta el otro lado de la plaza.

—¡Soy estudiante, sooooy! ¡Yo quiero estudiar! ¡Plata para clases y no para guerrear!

Quizás entre las almohadas de las patas Kati perciba la vibración de los tambores que retumban con fuerza. Parece confundida con los silbidos y pitazos que emanan de cientos de bocas. Tal vez por un momento se ilusione con que él esté allí también haciendo alboroto, pero es posible que ignore dónde empezar a buscarlo. Entonces se cuela por entre las piernas de la multitud intentando esquivar las pisadas y los saltos, rastreando con urgencia una salida de ese bosque de extremidades ardientes. Su hocico trabaja incansable, oliendo cada pierna con la que se cruza, acaso con la esperanza de reconocerlo a él en alguno de los cuerpos insurrectos que hacen temblar la plaza.

—¡La educación es un derecho, no una mercancía! ¡No somos terroristas, señores policías!

En la estatua cagada de Bolívar no están las palomas que tanto le gusta azuzar sino varios cuerpos que se han trepado allí a ondular banderas. Sorteando pisotones y empujones Kati logra cruzar hasta salir a un claro en la esquina de la catedral. Se topa con una fila de policías antimotines hinchados entre el plástico y el metal oscuro que los forra. Quién sabe si a Kati le sorprenda que en vez de rostros haya unos cascos enormes reflejando la muchedumbre alborotada y los nubarrones. Quizás perciba la arrogancia que emana por los resquicios de sus uniformes. A lo mejor recuerda que fueron hombres así quienes los echaron de la calle de toda la vida. Parece maldecirlos con cada ladrido. Hasta que una patada por detrás la empuja lejos. Nadie oye su chillido breve. Nadie nota que corre amedrentada por la carrera Séptima, en contra de la multitud, esquivando a la gente que se ha lanzado con otras furias a llenar la plaza, a pesar de los gases lacrimógenos.

Se roza contra los muros, como suplicando guarida, hasta que logra escapar por la primera calle donde él siempre recoge costalados de cartón y papel que echa en la carreta. La calle que suelen tomar para regresar a la casa —a la antigua, a la nueva, a cualquiera de las dos, pues ambas quedan cerca—. Se sacude varias veces, como queriendo quitarse la grasa humana que le quedó untada en el abrigo. Retorna a su andar decidido y ligero, como si no tuviera tiempo para encogerse con el golpe del policía. Endereza la cola. Cuando para frente al edificio que está ocupado por las familias emberá desde hace meses no encuentra los sobrados que siempre le dejan allí alrededor del caucho que rompe el cemento.

Con maña esquiva los buses y carros atascados en la primera avenida que delimita el parque. Es posible que alcance a detectar su carreta vacía. Pero esta vez sigue de largo y cruza la siguiente calle, quizás porque intuya que él la espera en la morada de antes, donde vivieron desde siempre hasta el día del destierro. Debe de extrañarle la nueva soledad de la cuadra cuando se acerca a los callejones que rodean su antigua casa. Tal vez la sorprenda el olor a polvo rancio que ahora brota allí con más fuerza. Se detiene y orina al lado de una enorme valla que reza:

Aquí se construye
el nuevo Distrito Creativo de las Artes
¡Bogotá Mejor para ti!

Trota por debajo de las cintas amarillas que prohíben el paso a los transeúntes y se escabulle por un hueco pequeño que encuentra en el muro de lonas azules que ahora oculta el callejón donde creció. Afila la mirada y rastrea con el hocico los montones de tierra ocre y el polvero de máquinas que rasguñan los pocos edificios destartalados que quedan. Busca dónde resguardarse de las dragas y las grúas que empujan con diligencia la materia, raspan muros y ventanas que nadie reclama y demuelen con entusiasmo los techos. Cruza al trote ese campo condenado a ser vacío hacia unos escombros que se apilan en la que antes fue su casa. Para dos veces a lamerse una almohadilla herida por un pedazo de lata. Se trepa con dificultad por las ruinas hasta acostarse sobre unas tablas desde las que se contempla el despojo extenso. Si él la viera entendería que en su parpadeo desafiante también parece alojarse el desconsuelo.

Es demasiado tarde cuando gira la cabeza, afanada, para descubrir quién la acecha por detrás. Dos hombres enmascarados le enredan en el cuello una cuerda. Gruñe y se corcovea para intentar atajar el tirón, pero ellos ganan el duelo.

—Es una hembra. Tranquila, tranquila la perra, que nadie le va a hacer daño.

Afanada, se dobla a buscarse la nuca para intentar deshacer el lazo que la atrapa. Los colchones de sus pies se raspan contra las esquirlas de vidrio y madera cuando ella resiste el jalonazo que la tira hacia un camión. A pesar de que la cuerda le aprieta el cuello y la hace toser, alcanza a escupir un par de gruñidos furibundos que deben de revelar la cólera que lleva fermentando por días. Quién sabe si la suya sea la última rabia que retumbe en ese desecho. (Tiempo después y muy lejos de allí expulsará otras furias y buscará otras guaridas, pero aún lo ignora). En el camión, tres gatos enjaulados se unen con maullidos cuando los hombres eluden los mordiscos de Kati, la amordazan con un bozal, la suben al remolque a pesar de sus corcoveos y cierran la puerta.

—Aquí se me queda, juiciosa, que va a ver que alguien se la lleva.

Mona intenta zafarse de la correa que la ata a la reja cuando ve que la mujer que siempre le ha dado órdenes se monta en el carro y cierra la puerta. La cuerda frena su impulso cuando la perra insiste en salir tras ella. Revienta en ladridos al perder de vista el auto en el tráfico, pero su clamor se diluye en esa tarde de fiesta. Dos mujeres que comen en la terraza del café aledaño se impacientan y se mudan a otra mesa. En el parque florido, al otro lado de la calle, las voces de unos parlantes retumban con fuerza y una multitud se congrega a ver fútbol frente a una pantalla enorme.

De pie, con la correa tensa, Mona a veces gime y otras veces resuella. Parece crispada, como si la atoraran las preguntas. Olisquea cada cuerpo que le pasa al lado en la acera, pendiente de la gente que sale del café, y atiende cada carro que se detiene cerca. Acaso cultiva la ilusión de que regresarán por ella. Cuando arrecian los gritos de la gente que mira el partido en el parque, sus aullidos parecen revelar que se le desmoronan las últimas certezas.

Cuando la gente comienza a irse y el frío resbala montaña abajo, Mona por fin se acuesta. Quién sabe si su jadeo acelerado revela que se le está agotando la paciencia, aunque ella esté acostumbrada a esperar desde que nació, como buena perra de apartamento. Vigila el lento oscurecer de las cosas. Detecta el momento en que las luces de los cafés y restaurantes se apagan y la terraza a su lado se desocupa. Observa a unos hombres desmontar y llevarse la pantalla del parque. No parece importarle el rumor de los carros que ha ido aligerándose un poco. A veces entona un chillido delgado, inquisitivo quizás, y es como si ya no estuviera segura de que alguien pudiera oírlo, como si comenzara a resignarse a cierta ausencia.

La última persona que sale del café se le acerca.

—¿Y usted qué hace aquí a estas horas? ¿A dónde se fue su dueño?

Mona se para veloz y ausculta con desconfianza a la mujer que cierra con llave la puerta del café y revisa la calle en busca de alguien que no encuentra. La perra huele con timidez la mano que esta le acerca al hocico para tantear su mansedumbre y retrocede.

—¿Y eso quién la dejó aquí? ¿Lleva mucho tiempo?

Mona mira a la mujer alejarse y luego detenerse por un momento.

—Tranquila, que ahora seguro vienen por usted.

La ve caminar calle abajo, darse la vuelta dos veces más y desaparecer en la esquina. Entonces vuelve a acostarse junto al muro. Recoge su cuerpo y dobla las patas delanteras hacia adentro para enfrentar la frigidez de la noche que comienza a lamerle el abrigo con empeño.

Desde su estación de espera, alcanza a detectar entre los árboles a dos recicladoras que hurgan las bolsas de basura y recogen las latas que la gente dejó tiradas en el parque. Nota a tres hombres entrar a los edificios aledaños a cumplir sus turnos de vigilancia y a los que ya terminaron el trabajo y se alejan. De vez en cuando cierra los ojos, pero quién sabe si descansa. Parece que la preocupación le interrumpe las siestas. Quizás nunca haya escuchado la bulla de los gorriones y las mirlas como en esa madrugada, pues desde que nació está acostumbrada a amanecer en el encierro acolchonado de una casa con tapetes y puerta. Cuando empieza a clarear se pone a mordisquear la correa que la ata a la reja con la misma entrega que mostraba cuando era cachorra y quería rebelarse de la atadura. Mastica por largo rato con sus colmillos robustos la cuerda de plástico hasta que logra romperla.

En libertad sacude el lomo, zarandea el rocío de su pelambre y cruza la calle para adentrarse en el parque, que a esas horas aún no atraviesa nadie. Orina en los surcos de agapantos en flor. Busca agua en los vasos que la gente dejó en el prado. Lame las migajas de un paquete de comida que encuentra debajo de los columpios. Camina por entre los árboles olisqueando rastros, pero esta vez no carga sobre el lomo la emoción curiosa de antaño, el deseo implacable de quedarse por horas descifrando los anales de la tierra. Esta vez no la embiste la exaltación que le daba cuando la sacaban a pasear por el parque de su barrio, aunque es la primera vez que está suelta en un prado. Al poco rato regresa a la reja en que la correa rasgada la espera.

—¿Usted qué hace aquí callejeando todavía?

La mujer de la noche anterior vuelve cuando ya se ha asentado la bulla de la mañana y la gente se ha olvidado del sereno del monte. Mona debe de reconocerla porque esta vez se le acerca con la cola menos tiesa, como en señal de acogida.

—Pobrecita. No hay derecho que me le hayan hecho esto.

Mona se deja palmear las costillas y quitar el pedazo de correa que le cuelga, marcando su orfandad. Quién sabe si alcance a tantear el dolor y la culpa que le trenzan el pecho a la mujer desde que tuvo que abandonar a su perro, catorce años atrás, cuando llegaron las amenazas de muerte y ella huyó del pueblo a Bogotá. La ve entrar al local, abrir las ventanas que dan a la calle, barrer y ordenar las mesas de la terraza. Le recibe con avidez dos pandeyucas duros y bebe del platón de agua que ella le lleva afuera.

A veces Mona se sienta. A veces se acuesta. Escudriña a cada persona que la ignora al entrar al café. De vez en cuando interrumpe su pesquisa para estudiar a algún perro satisfecho que pasa con alguien por la acera atado con una correa. Quizás reconozca el peso de su estómago vacío cuando se le cuelan por la nariz los olores de panes y carnes que la gente engulle en las terrazas de los restaurantes. Acaso también se le mezclen entre el hocico con el aroma de jabones y perfumes que irradian algunos transeúntes. Quién sabe si alguno de esos vahos florales le recuerde a los que se untaba cada mañana la mujer que la abandonó. Un par de veces cruza de nuevo la calle taponada de carros para olisquear rastros recientes en el parque. Caga al lado de un caucho recién sembrado. Ignora a los perros ociosos que pasean por allí con sus dueños, que huelen el mundo con el sosiego de la barriga llena y la compañía plena, como antes hacía ella. Esquiva los coqueteos que le hace un niño pequeño que la persigue tras escapar de la banca en que lo quiere sentar su niñera. En otro momento le habría ofrecido su lomo marrón, pero ya no parece estar dispuesta a esas entregas. Se traga con afán los huesos de pollo que han dejado tirados unos obreros de construcción en su descanso del mediodía. Siempre retorna de nuevo a su reja, como si solo desde ese borde polvoriento pudiera preguntarse cómo volverán por ella.

La mujer del café aparece otra vez cuando anochece. En pocos bocados Mona se come los panes viejos que ella le pone en el suelo. Ondula las costillas contra las piernas de la otra, aceptando sus caricias.

—Pero ¿por qué es que me la dejaron aquí solita?

Mona bate la cola con timidez y acepta sentarse en los cartones que la mujer le pone en el suelo.

—A ver qué podemos hacer mañana si no han venido a recogerla. Tranquila, que eso lo solucionamos.

Igual tal vez ahorita ya vengan a recogerla, así que tenga paciencia.

Mona lame las manos veteadas de la mujer cuando ella intenta rascarle el pecho.

—Ahí se me queda juiciosa.

¿De qué está tejida la fuerza que la ata a ese borde y no la deja salir detrás de la mujer cuando la ve alejarse calle abajo? Se adormila en su nueva cama hasta que la lluvia comienza a rodarle por el hocico. Camina hacia la tienda aledaña donde encuentra un techo que resguarda la acera. Quizás sea de sorpresa que les ladra a los cuerpos pálidos que posan paralizados en bikini al otro lado de la vitrina. Pero pronto parece acostumbrarse a su compañía tiesa porque se les acomoda al lado en el cemento y se queda dormida. Se levanta cuando el aguacero revienta con más fuerza y un charco empieza a empaparle los codos. Se muda al corredor del edificio contiguo. Un vigilante la encandelilla con una linterna desde el otro lado de la puerta de vidrio, pero, resuelta a anclarse en algún lado, ella lo ignora y se acuesta pegada al muro cuando el hombre se aleja.

Al clarear el día una mujer que llega a hacer la limpieza del edificio la despierta.

—¡Largo de aquí! ¡Eche pa' su casa! Y no vuelva a venir aquí a ensuciarme la entrada.

Mona se larga, quizás asustada con el paraguas que la mujer blande para espantarla. Cruza al parque en busca de comida, pero no encuentra nada. A lo mejor la desconcierte el hambre que le rebota por las vísceras. Orina. Se devuelve a la reja de siempre, donde están los cartones deshechos por la lluvia, y bebe un poco de agua del tarro que se llenó con el diluvio. Se acuesta en el tapete húmedo de la puerta del café y se lame las patas, como le gusta hacer desde pequeña.

—Pero ¿por qué sigue aquí? ¿Qué es lo que vamos a hacer con usted?

Mona se traga el plato de arroz con hueso de costilla que la mujer del café le ha traído preparado de su casa. Bate la cola cuando la ve extender un plástico y unos periódicos al pie de la reja. La sigue hasta la puerta, como rogándole entrar con ella.

—Aquí adentro no, mi amor, qué pena con usted, pero no me dejan. Espérese allá en su nueva cama bien juiciosa, que ya se me va a ocurrir algo. Perdóneme.

Por un rato Mona se queda de pie al otro lado del vidrio. Alza las orejas. Parece estudiar su reflejo, que quizás encuentre distinto al del espejo enorme del baño de la única casa que ha tenido. (Solo años después y muy lejos de allí podrá verse en otro espejo tan diáfano). Escurre la cola, como con desilusión. Hasta que algo la lleva a volver a los periódicos que acolchonan el cemento húmedo. Quizás sea resignación, o de pronto es cansancio o las dos. Escruta a la gente que pasa de largo o que entra al café en ese día espeso de nubes. Se sobresalta con cualquier puerta de carro que se cierra. Quien la conociera pensaría que sus ojos irradian con más nitidez la carencia y la pena.

Al mediodía, cuando la mujer sale a buscarla de nuevo, Mona se tiende boca arriba para dejarse sobar el cuello, como rogándole que sellen un pacto de afecto.

—Sí, yo sé que usted está triste. Qué pecado. Cómo me la abandonan así.

La mujer se arrodilla y desciende con sus cosquillas hasta la panza pecosa de la perra. Mona mira al horizonte mientras rebota su pata potente en el brazo de la otra, quizás implorándole que jamás se detenga. Quién sabe si evoque al niño con el que vivía, que la mimaba siempre así, rascándole las tetillas suaves que nunca darán leche. Entonces la sobresalta un tirón tenue que la jala del pescuezo.

—Venga conmigo, mija, que esto es por su bien. Párese y camine. Hágale pues, mi amor.

Mona se deja llevar de la cuerda con la que la ha atado la mujer, pero parece titubear, como si una antigua lealtad le impidiera seguir. Un hombre le ayuda a la mujer a alzar a la perra hasta el baúl de un carro. A lo mejor a ella le sorprenda que la carguen cuando acostumbra a saltar sola al de la mujer que hasta hace unos días vivió con ella. Quizás la alivie la idea de largarse de esa calle mojada y llena de sospechas porque, aunque esconde la cola hacia adentro, ni siquiera protesta. ¿Creerá que la llevan a casa o dudará de ello?

—Que me le vaya bien, ¿oyó? Usted es una perra valiente y yo sé que va a aparecer alguien que la quiera. Bueno, no es que yo no la quiera, pero ya verá lo bien que le va.

A lo mejor Mona alcanza a notar que la voz de la otra se quiebra. La mujer le ordena acostarse antes de cerrar la puerta, pero ella se queda de pie, como perpleja, aunque su larguero de patas le estorbe en el maletero pequeño. Quién sabe si al mirar fijamente a la mujer que se despide con la mano al otro lado del vidrio le hiervan dudas. Un cómo es esto posible o un dónde está la casa que prometían que era mía. Un quién es este hombre o es esto un rapto o una ayuda. ¿Dónde se albergan sus preguntas? Se sobresalta con los timbales y las trompetas de una salsa que estalla por los parlantes cuando el carro se prende. Nadie en la calle alcanza a oír el ladrido seco que lanza cuando se da cuenta de que se la llevan.

Canino 127 (Hembra joven/Desparasitada/ Vacunada/Esterilizada/Microchip) – Leidi

Canino 128 (Hembra joven/Desparasitada/ Vacunada/Esterilizada/Microchip) – Reina

Kati es la primera en despertarse cuando el sonido de la puerta metálica anuncia que una gente entra a lo lejos. Mona abre los ojos como aturdida, pareciendo lamentar que la otra se le haya despegado así de rápido del lomo, que se escabulla de entre sus piernas y desordene el ovillo caliente en el que suelen abrigarse juntas cada madrugada. Kati encaja el hocico entre los barrotes de la perrera y Mona se le acerca, perezosa, cuando la ve unirse con arrebato al escándalo que hacen los demás perros al pie de sus rejas. Ninguna alcanza a ver aún de quiénes son las voces que llegan del fondo del corredor, pero quizás a pesar del olor a desinfectante, cemento y moho detecten que viene el cuidandero de siempre, y que trae gente nueva. Los dos cachorros de la jaula que está en frente las miran con curiosidad y ladran chillidos agudos, como deseando ser iguales a ellas.

Deben de reconocer el sonido de la voz del hombre que las adora y ahora se acerca. Expectante, Mona lloriquea y gira alrededor de la celda. Cuando lo ven llegar frente a su jaula ambas le baten la cola con fuerza.

—Buenos días, las niñas más guapas.

Con sollozos agitados las dos trepan las patas delanteras a la parte alta de la reja. Acaso saben que no es la hora de la comida porque aún no las han dejado salir a airearse al patio. Parece no interesarles el hombre desconocido que va de la mano de un niño. A pesar de la danza de ellas, implorante de cariño, el hombre que las cuida les da la espalda para acercarse a los cachorros.

Explica que aquellos son los perros más pequeños que tienen en la Unidad, que fueron recogidos un par de semanas atrás y deben de tener unos cuatro meses, que están listos para la adopción.

—Se nota que son de buena raza. ¿Y qué otros perros jóvenes me ofrece?

—Están estas dos, que vea lo sagaces y bonitas. La negrita tendrá unos dos años y la marrón debe estar ya por los tres o cuatro. Se nota que tuvieron dueño porque llegaron con muy buena salud, excelente dentadura y están muy bien educadas. Las dos son reinteligentes.

El cuidandero mete los dedos entre los barrotes de la jaula de Mona y Kati. Entre brincos animados ambas se empujan con el hocico para competir por sus caricias. El niño lo imita.

—Papi, mira qué tiernas estas. ¿No las pueden dejar salir?

Mona lame los dedos pequeños con su lengua generosa. Kati ha dado un paso atrás y ahora parece bastarle con descifrar las carnes desde lejos. El hombre aleja al niño de la celda.

—Nos llevamos al cachorrito, pero tiene que ser el macho. Si las mujeres son tan mañosas, seguro que también son así las perras.

El hombre desconocido se ríe solo. El cuidador alza al cachorro de la jaula del frente y lo acerca a la reja de Kati y Mona.

—Despídase de todo el mundo, a ver. Señoritas, me hacen el favor y le desean mucha suerte.

Mona los mira alejarse, ladeando la cabeza, como preguntándose por qué el hombre que las cuida se negó por primera vez a entrar a consentirlas. Retoza en su camino hasta el fondo de la celda donde Kati, tal vez aburrida, se ha ido a acostar de nuevo. Mona se le echa encima y le muerde con pasión delicada el cuello negro. Con refunfuños que parecen de placer, ambas comienzan a revolcarse, ensortijando los cuerpos oscuros con alborozo, ignorando el ladrido de otros perros que se disipa cuando la puerta metálica se cierra.

II
Entre las frondas el desvío

Ave. Sue guana. l. sue
Ala de el ave. gaca
Abatirse el ave. guasami͡squa
Cantar las aves. ainsuca
Nubada de pajaros. isua

    ANÓNIMO, *Gramática breve de la lengua Mosca* (c. 1612)

¿Cómo es vivir entre los pájaros?

       ARISTÓFANES, *Los Pájaros*

¡Ay picaflor!
ya no horades tanto la flor,
alas de esmeralda.
No seas cruel,
baja a la orilla del río,
alas de esmeralda,
y mírame llorando junto al agua roja,
mírame llorando.

    JOSÉ MARÍA ARGUEDAS, *Los ríos profundos*

¿Cómo le harán los pájaros
para saber en qué momento,
si se echan a volar,
no corren ya peligro?
¿Qué nervio de su vuelo
les avisa
que son de nuevo libres
entre las frondas de los árboles?

FABIO MORÁBITO, "Oigo los coches"

All above us is the touching
of strangers & parrots,
some of them human,
some of them not human.

ARACELIS GRIMAY, "Elegy"

Ella no quiere rascacielos; lo que quiere es bosque. Pero debe de estar exhausta y, esta vez, a pesar de la sabiduría de sus fibras, no parece saber cómo encontrarlo. Tampoco las demás. Hechizadas por la luz, todas vuelan en remolino alrededor de la punta filuda del edificio que las atrae y las ignora, que ostenta su victoria eléctrica y les dispara luz y voluntad de acero y de vidrio, de cables y de dueños. El radar meteorológico las capta esa noche en el trance, aunque no del todo. Sobre el mapa se apelmazan miles de cuerpos inquietos, destilados en una gran mancha verde que va nublando la pantalla de los expertos. Algún científico angustiado analizará la imagen para luego reportar el desastre. Pero el radar no alcanza a revelar el ímpetu de esos músculos, las plumas en arrebato y ardor, la rabia de alas y timoneras que resplandecen con la luz del rascacielos que las engaña. Amarillas, grises, jaspeadas, negras, marrones, rojas, verdinegras, blancas, anaranjadas, azules. Alas desorientadas, cuerpos exhaustos que antes de esa trampa eran intención y sed de destino.

Si alguien abriera una ventana allí en lo alto de Manhattan, en esa noche de septiembre (pero ¿quién lo haría en los edificios de oficinas climatizadas, construidos para mirar hacia adentro?), o si uno de los ornitólogos, que a veces sube a la punta del edificio a estudiar aves, estuviera allí grabando los cantos de esos pájaros perdidos, detectaría entre el ruido del tráfico los pregones insólitos con que ellos imploran algo esta vez. Notaría la algarabía que anuncia su pánico, la avidez con la que parecen buscar que otros, atrapados en la espiral iluminada como ellos, les revelen por qué se ha atrofiado su brújula, por qué no pueden seguir hacia el sur. ¿Dónde está el trayecto dictado por las estrellas que sus lomos conocen desde antes del primer viaje? ¿Dónde la ruta que han volado resueltos por miles de años los de su estirpe? Si alguien atendiera a ese bullicio disonante, se aventuraría a conjeturar que andan preguntando todo eso.

La tángara escarlata solo lleva unas horas en el tropel circular desde que salió de su bosque en Connecticut transformada en ave noctámbula de largo vuelo y perdió el rastro de las estrellas, que se fueron borrando del cielo. Entonces voló hacia las luces escandalosas de la torre que la llamó para extraviarla. La madre de la tángara (como tantas de estas madres) pasó por lo que ya para ese entonces se llamaba Nueva York de camino al sur sin atortolarse con cristales y filamentos. Y luego también de camino al norte. Por miles de años sus ancestros escaparon de depredadores y tormentas, por siglos atestiguaron el trasegar humano y mediaron entre árboles y estrellas, para que ahora todo se desplome.

Perdida en la vorágine, la tángara vuela como una autómata, quizás extrañada de su propio impulso, con el racimo de abanicos encalambrados que la hinchan. Tal vez la compañía de cientos de otros pájaros grandes y diminutos que entre aleteos y gritos también se han desviado de su rumbo, o las corrientes de aire que crean todos con el batir de sus alas obligadas a venerar la electricidad la alienten a seguir en esa órbita que los iguala, que licúa sus diferencias.

En las imágenes de la cámara instalada en la punta del rascacielos que ofrece vistas panorámicas de Nueva York por internet a cualquier curioso, alguien podría atisbar el movimiento rápido de esos cuerpecitos que interrumpen la imagen de las torres del distrito financiero. Podría confundirlos con insectos y concluir, como suele hacer la gente, que todo aquello es banalidad y rutina. Nadie sabría con certeza que el cuerpo rabioso de la tángara escarlata es uno de los miles que manchan el venerado panorama de cemento, acero y cielo. Imposible también saber que muchos otros pájaros exhaustos y gastados se desploman al lado de ella tras horas de revoloteo en espiral.

Cuando al fin la mañana diluya la luz eléctrica, dos voluntarios de la sociedad protectora de aves de la ciudad catalogarán en el andén los cadáveres de

reinitas

sirirís

turpiales

oropéndolas

zorzales

víreos

playeros

cuclillos

mosqueros

y otras tángaras

que han ido desplomándose por los 110 pisos del edificio en picada hasta la calle Fulton.

Para ese momento el portero que preside la entrada principal del rascacielos habrá terminado su turno y saldrá al encuentro de los pájaros caídos. Confirmará la desazón que lo acosa en los días de otoño y primavera en que las aves se confunden. Como en las últimas mañanas, lo turbará encontrar los cuerpos de los pájaros que alfombran la calle con su aliento recién desinflado, con el vapor vital desperdigándose aún por el alba. Lo punza la rabia cuando advierte en el asfalto el silencio de las alas que antes vivían para defender el aire. Lo aflige tanto viaje abolido, la paz dolorosa de una carne apagada que antes era ímpetu milimétrico condensado en danza.

Él sabe, porque se crio con una abuela que le enseñó a encontrar en ese norte los pájaros que ella veía de niña en Tennessee, que las aves son majestad y augurio. Para honrarlas, y para paliar su propia desolación, se ha puesto desde el otoño pasado a hacerles los funerales. Como siempre que se topa con la masacre en el andén, recogerá con sus manazas enormes la mayor cantidad de cuerpecitos que le quepan en la mochila para llevarlos la hora y media que dura el viaje del metro hasta su apartamento en el Bronx. Los enterrarán con su hija en la esquina de un parque aledaño, a la sombra del cedro más apartado de los caminos, al lado de las otras tumbas que cavaron en la primavera y el otoño anteriores. La niña armará con palos una cruz para cada uno y cantará una canción que inventó para despedirlos en la anterior temporada de entierros. Ella ha comenzado a intuir que, aún en su muerte, esos cuerpos que vivían para desafiar la gravedad son compañía. Entenderá mejor ese otoño lo que su padre le ha explicado antes: que pupilas, corazones, fibras y plumas un día se mezclarán con el polvo cósmico para ser frondas y bayas y raíces. Que todo eso que el cemento de la ciudad quiere tapar, las capas de tierra y greda que se revelan debajo del pavimento cuando los de la compañía eléctrica punzan huecos en la calle con sus máquinas, es estrella y frenesí, tendón y sangre y vuelo. Vestigio de incontables movimientos. Entonces se sentirá menos niña, un poco más perdida, menos dispuesta a creer que el mundo es puro juego y dulces de premio.

Un ornitólogo que investiga las migraciones de pájaros en peligro de extinción detectará esa mañana en su computador un extraño desvío en el viaje iniciado en Vermont hace una semana por la reinita cerúlea que monitorea hace dos años. El sensor diminuto con geolocalizador, acelerómetro, magnetómetro y sensor de temperatura que incrustó sobre el colchón azul del lomo del ave para descifrar la ruta exacta de sus viajes hacia y desde Suramérica reportará una serie de movimientos inusuales en el sur de Manhattan, y luego un leve retorno del ave hacia la zona norte de la ciudad. La máquina, que habrá sobrevivido al golpe del asfalto que extinguió las voluntades del pájaro, enviará sus señales desde un parque del Bronx. El científico llegará allí unos días más tarde en busca de su reina hasta toparse con las cruces pequeñas sobre montoncitos de tierra que marcan el cementerio de criaturas. Hurgará la tierra y desenterrará varios pájaros para encontrar el geolocalizador que abraza el cuerpecito de alas azules y nuca desgonzada por el que comienzan a colarse los gusanos. Notará el brillo que aún refulge en el pecho blanco de la criatura que cree suya. Nunca sabrá quién la enterró allí, ni por qué, y le costará trabajo aceptar que el diminuto pájaro que él escogió acompañar desde la lejanía en su viaje de norte a sur, de sur a norte, de norte a sur y de sur a norte por el continente pueda ser un cadáver llorado por otros. Que alguien más lo reclame sin saber nada de rutas, de hormonas, de estatus de conservación, de vías de extinción. Sin entender lo que le costó atraparlo y marcarlo. Por un momento contemplará quedarse en la tumba de la reinita hasta que aparezca el dueño del cementerio para interrogarlo. Pero decidirá que no va a reñir por unos huesos. Se llevará entre una bolsa esterilizada al ave descompuesta con el sensor aún alojado adentro y a otras dos reinitas que encuentra enterradas cerca, no sin antes darles una segunda sepultura a las otras aves en sus camas eternas.

Cuando el científico en duelo congele el cadáver de la reinita cerúlea en su laboratorio, guardará en una caja de cristal en la mesa de noche algunas de sus plumas azules y blancas. Al analizar los datos que el sensor alcanzó a enviarle en esos días no tendrá manera de saber que cerca de ella, rozándola a veces, quizás, voló por unas horas una tángara escarlata. Que la alinegra pasó al lado de la aliazul y compartió con ella ansias de sur y cantos de extrañeza y furor antes de que una de ellas muriera.

Arrebatada, la tángara logra salvarse de esas tinieblas. Rodea el edificio iluminado como una esclava. Quizás añore las señales certeras de su carne que otros otoños fueron capaces de llevarla hacia el sur y esquivar esa trampa. Cuando el amanecer va atenuando el brillo eléctrico de la torre, el torbellino de pájaros que han resistido tanto aleteo se desintegra, como si de repente los sobrevivientes hubieran encontrado la puerta de una jaula que llevaban horas buscando. La tángara sale también del cautiverio a enfrentar la resaca. Le tiembla la carne, y quizás eso la aflija. A lo mejor la sed le agrieta la lengua y el cansancio le encalambra las timoneras. Evitando desplomarse al suelo se detiene en el alféizar de una ventana cercana. Parece vacilar. Se ha salvado de aterrizar deshecha en el pavimento de Manhattan entapetado de chicles fundidos y huesos de pollo, invadido de pies urgidos y con juanetes. Pero es probable que ella no perciba así la salvación. Tal vez al enfrentarse al reflejo de sus plumas amarillas, rojizas y negras despelucadas y medio vencidas desconozca al pájaro extenuado que refleja el vidrio frente a ella. Por un rato descansa allí pasmada, como esperando a que mermen un poco sus latidos y comience a disiparse el entumecimiento. La luz de la mañana abrillanta el acero bajo sus pies. Por fin puede cerrar los ojos.

Es posible que algo se le haya marchitado en ese desvío, pero no su devoción al follaje. Bregando contra la fatiga vuela hacia unos árboles que se anuncian en la terraza de un edificio más bajo. En la azotea de hotel decorada con plantas ornamentales y sillas para tomar el sol una cámara de vigilancia la filma cuando se posa en la rama de un seto y bebe agua de un estanque. No alcanzará a registrarla cuando se mueva entre los arbustos para desayunarse un escarabajo y dos polillas ni cuando baje el velo de los párpados. La imagen de video del pájaro vivirá en una base de datos en la que se guardan los registros de cientos de cámaras de una compañía de vigilancia. Será borrada un año después sin que la haya visto nadie.

En sus travesías anteriores, la tángara siempre pudo recorrer enormes distancias durante la primera noche del viaje. Pero esta vez, recién salida del caos, el vigor de sus alas no parece encontrar vínculo con su carne. A lo mejor estar parada por largo rato en una rama de esa terraza le ayude a encontrar la sintonía. Le faltan semanas para llegar a su bosque de niebla. Quién sabe cómo la inquiete la noche perdida. O cómo la horade el paso del tiempo, que para ella podría ser un ovillo de altura y astros que nunca comprenderemos. U otra cosa.

*

A las 10:17 p m el radar detector de pájaros del Aeropuerto Internacional Dulles en Washington anuncia el paso de cientos de animales voladores hacia el suroriente. La tángara va entre ellos, pero nadie podrá percibir con exactitud su cuerpo hinchado de brío ni sus alas desbocadas que pulen el aire. Desde la torre de detección, la técnica de turno nota primero la mancha naranja en la pantalla del radar, y luego confirma la aparición de los animales en el monitor del sistema infrarrojo inventado por los israelitas para anunciar el peligro de todo tipo de artefactos voladores. Comprueba que está a punto de emitirse la alerta de incursión. Estudia los pulsos que recoge la señal del radar y determina que lo que interrumpirá en pocos minutos los corredores aéreos son aves y no mariposas monarcas ni murciélagos ni polillas. Oscilación: 1700 a 2500 pies. Tamaños variados. Envía el reporte de alerta a la torre de control. Piensa que al fin y al cabo es mediados de septiembre y se alegra de que, aunque la espalda le duela a diario por tener que pasarse la vida sentada frente a los monitores, gracias a ella nadie interrumpe los viajes de nadie o al menos casi nunca. Constata en otra pantalla que la salida y llegada de vuelos se ha suspendido por diez minutos y que la torre de control ha ordenado nuevas altitudes para los aviones. La embiste el mismo alivio que retoza entre sus costillas cuando los protagonistas de las series de aventura que ve con su novio los fines de semana esquivan el peligro en selvas y desiertos. Nada mejor que un cuerpo redimido del riesgo de estar en el lugar equivocado.

Pero luego aparece esa pena que se le ensancha en el cuello de vena en vena desde la primavera pasada, cuando llegan las grandes bandadas de pájaros y ella debe emitir las alertas. El escozor que intenta ignorar pero que la abruma desde que trabaja identificando cuerpos alados en un aeropuerto, a pesar del buen salario y el seguro de salud. Hay algo en la vehemencia del revoloteo de los animales que la atormenta, aunque la travesía se traduzca de forma tan oblicua en la pantalla. Ese flujo siempre la hace evocar a sus padres, que llevan veintiséis años de sedentarismo forzado en Nueva York desde que volaron allí del Ecuador y que siguen sin papeles. Sentada en su torre invicta, mientras ayuda a que todos los demás transiten por los aires, la perturba la brecha entre el movimiento de unos y la quietud obligada de otros. La noche anterior (cuando la tángara se enredaba en el rascacielos, a veintitrés cuadras de la cocina del restaurante donde trabaja su padre) su madre le confesó que no quiere celebrar sus sesenta años, aunque todos le estén preguntando por la fiesta.

—¿Qué voy a festejar, pues? ¿Que llevo aquí metida en una tienda tanto tiempo planchando la ropa de estos gringos? Tú sabes que yo a estas alturas ya tenía que estar de vuelta en Cuenca, llevándole flores a la tumba de mi mamá y ayudándole a tu hermana con la guagüita.

Y la hija exitosa, la que sí nació en Estados Unidos y pudo ir a la universidad, la que tiene el don para diagnosticar de qué criaturas son los cuerpos voladores en el radar de nueva generación destinado a técnicos certificados como ella, siempre dispuesta a sostener el sueño que otros tienen de atravesar el mundo por los aires, sigue sin saber cómo consolarla.

*

La tángara vuela con un arrebato que diluye sus colores, que no parece angustia sino sabiduría. Busca frondas tupidas pobladas de grillos de septiembre donde pueda reponerse del desvío. En un bosque en los suburbios de

Richmond donde las hojas aún eluden la muerte escandalosa del otoño que pronto llegará para tumbarlas, un hombre enorme de ropa camuflada la nota acercarse al pie del riachuelo en el que suele sentarse por horas a espiar pájaros. En los pocos segundos en que alcanza a verla por sus binóculos en la rama de un arce percibe que las plumas amarillentas del ave todavía conservan un rastro del rojo refulgente que vistió para aparearse durante el verano. Le parece más delgada que las otras que ha visto en sus cuatro años de búsqueda obsesiva de aves migratorias desde que volvió de Irak y Afganistán y se jubiló de coronel del ejército. Lo asedia la crispación de siempre, un ardor en la frente que le llega hasta las sienes y lo saca de sí, la pequeña crisis que le produce el desfase entre ver el ave con el ojo propio y encontrarla luego con el lente, o perderla.

Solo hasta hace poco el hombre ha logrado descifrar que su fascinación con los pájaros no nace solo de las plumas coloridas de algunos, que lo deslumbran cuanto más vistosos son, ni con la danza fogosa de esos cuerpos diminutos en vuelo (él ha visto máquinas enormes acuchillar el aire y drones ligeros con ínfulas de criaturitas que tiran bombas desde lo alto). Lo que le provoca la perturbación más dulce es reconocer que las aves perciben cosas que él no puede contemplar siquiera. Los cantos enrevesados con que se llaman, que a él le cuesta trabajo distinguir por la sordera que le dejaron tantas explosiones de guerra. Los colores que ven, que nunca serán los suyos. El aire que él jamás rozará de esa manera (aunque haya volado aviones de guerra), los árboles que palpan desde lo alto de las copas, la noche transformada en movimiento. Un universo que no pueden transmitir ni las gafas de visión nocturna de soldado ni las cámaras infrarrojas láser con *zoom* ni los drones que autorizó en tantas misiones. A veces lo abruma saber que está dentro del mismo bosque y a la vez tan lejos de esas criaturas que prescinden de él y gobiernan sobre él mientras cultivan su aliento distante. Maldice y adora esta exaltación. Se reprocha que antes de jubilarse nunca hubiera reparado en ellas. Se lamenta por las décadas que pasó sin verlas.

Ha aprendido a aceptar que las aves le corroan la antigua certeza de militar de mapa, máquina y dictamen. Como cuando era capitán de una compañía en Afganistán y sus binóculos y los drones le revelaban algo que no pedía guerra. Unas mujeres en una aldea lavando ropa o unos niños jugando en un camino. Y él sabía que acercar la mirada con el lente poderoso era el paso fácil que podía revelar el color de sus iris, pero que nunca desentrañaría bien los órdenes de sus vidas. Y aunque no se lo confesó a nadie entonces, al final agradecía enfrentarse al desconcierto que le producían esos cuerpos distantes que no le pedían protección, sino todo lo contrario. Insistían en sus secretos, como ahora hacen los pájaros en el bosque donde los busca a diario.

La tángara aletea rápidamente a la copa de un moral y se esconde tras el follaje, como resistiéndose a que el hombre le tome una foto con su nueva cámara de lente descomunal. Él se decepciona de nuevo por no haber alcanzado a presionar el botón de la máquina a tiempo para conservar su imagen. Solo le queda el residuo de manchas que deja el cuerpo del ave en movimiento. Entonces se conforma con registrar al animal en su cuaderno de anotaciones ornitológicas.

Scarlet Tanager – male, James River National Wildlife Refuge, 7:13 a m.

Cuando llegue a casa la reportará en la base de datos de internet que recolecta avistamientos de observadores de aves, rastrea las rutas y estima la población de las especies de todo el continente. También añadirá a la lista un picogrueso pechirosado, un sirirí migrante y dos turpiales de Baltimore (cuyo nombre sabe que es injusto porque son migratorios). No reportará los demás pájaros que ve ese día, pues no vuelan distancias tan largas ni desafían las fronteras que tanto les preocupan a los políticos por los que él suele votar. Esos no logran deslumbrarlo.

Como se está volviendo costumbre, le mostrará a la mujer guatemalteca que viene a limpiar su casa desde hace seis meses las fotos de las aves que ha sacado en esos días con su cámara. A veces se avergüenza de la alegría excesiva que lo embiste al compartirlas con ella, pero no ha querido descifrar por qué. Ella le dirá good, pues no sabe casi inglés, y tratará de pronunciar los nombres que él le recita mientras se le anuda la lengua. Él querrá contarle que lleva varias temporadas intentando capturar a una tángara escarlata en una foto nítida, pero que no ha podido porque ellas prefieren las ramas altas de los árboles más grandes y a él mirar tanto tiempo hacia arriba le lastima el cuello.

Ella no habla el inglés suficiente para decirle que en eso de los viajes extensos por tantos países tiene también mucha experiencia, aunque no volando (nunca ha montado en un avión) sino a pie y en bus y en el techo de un tren y en camiones de otra gente. Quisiera confesarle, pero sabe que tomaría mucho tiempo usar el traductor del internet, que, cada semana, cuando él le muestra las fotos de pájaros migratorios, ella se pregunta quién ha tenido que sortear más obstáculos, si ella y su hijo pequeño en el viaje reciente en el que cruzaron la frontera hasta Texas, esquivando a las pandillas y a la migra, o alguno de esos animales hermosos que burlan muros, rieles, armas y papeles. Tampoco le contará que ella también cultiva su propia devoción hacia los pájaros. Que extraña mucho a la lora que heredó de su abuela, que es como su hermana pues se crio con ella y que no ve desde que la dejó a cargo de una tía en Zacapa cuando se marchó a Estados Unidos. Ni que le preocupa que la tía reporte que la pájara se ha vuelto silenciosa tras su partida. Ni que le manda mensajes de voz todos los días por el Whatsapp para que no muera de pena. A veces llora cuando, en el camino de regreso a casa, nota desde el bus un letrero frente a una tienda de mascotas que oferta loros bebés por trescientos dólares. Eso tampoco se lo cuenta.

Él no pensará en los vínculos que podrían tener esos viajes tan disímiles sino tres otoños más tarde, cuando la mujer que le desempolva el mundo deba partir de un momento a otro. La mañana en que a ella la deporten a Guatemala en el único avión en el que montará en su vida tras serles negada la solicitud de asilo, él irá a la reserva a fisgonear el entusiasmo de las aves que hacen escala en su rincón. La evocará mientras espera con su lente a que algún pájaro baje a tomar agua al río. Se preguntará si pudo llevarse consigo los binóculos que él le heredó hace poco o si los dejó en la casa de la hermana con su hijo. Intuirá que ella está aliviada de no cargar más sobre la piel lacerada del tobillo el brazalete electrónico que el juez mandó instalarle hace un par de meses para monitorearla, ni tener que correr a conectarse al enchufe de la pared cuando la alarma chilla porque tiene poca batería. Especulará sobre los pájaros hermosos que se pueden avistar en Guatemala, y le vendrá a la mente una foto del azulillo índigo que migra en esas épocas a Centroamérica y que hasta ahora solo ha visto en internet. Se prometerá viajar allí próximamente. Quizás entonces pueda ver por primera vez un quetzal y de pronto también visitarla a ella, aunque siempre lo pongan nervioso los reencuentros.

*

Por cielos serenos la tángara sale un par de noches después con un aleo que es rebelión contra los centros. Su levedad enmascara esfuerzo y compulsión. Vuela encima de huertos fallidos donde carros abandonados y casas rodantes se oxidan sin que a nadie parezca importarle. Atraviesa suburbios donde los árboles compiten con astas y banderas que anuncian unos márgenes que ella no respeta. Sobrevuela conjuntos enormes de casas iguales con jardines lampiños donde la gente se olvidó de los árboles. En el encierro de esas mansiones climatizadas, circundadas por prados podados donde la gente fantasea con la conquista del follaje, el exterminio de todo bicho terrestre y el derecho divino a la propiedad, muy pocos añoran a las criaturas de afuera. Casi nadie quiere acogerse al roce de las plantas o investigar la paciencia del liquen o enfrentar el destino de rascar la tierra. Muy pocos saben que hay pájaros audaces que en varias noches del año se apropian del cielo, sin permiso de nadie.

En Carolina del Norte el radar que utilizan unos científicos para estudiar los efectos del cambio climático en las aves alcanza a registrarla junto a miles más. Pero solo logra traducirla como un punto diminuto dentro de una mancha que invade el mapa como un reguero de aguas. Pixeles que silencian la urgencia de peregrinaje y trópico de la enorme bandada.

*

En la carrera contra un mundo que se enfría y se oscurece, ella quizás sienta los afanes de seguir, pero parece que una premonición la refrena. La mañana antes de que llegue un huracán a zarandear el mundo, el ave ya ha calibrado el vapor, ha medido el viento que desordena las plumas de su cabeza y ha oteado bien las nubes espesas. Cuando la tormenta revienta contra la costa y zarandea troncos y coches y carteles y fábricas y techos y carros y banderas, la tángara ya está lejos de ahí con millones de otros pájaros que se esconden de la cólera. En medio del aguacero ha encontrado un resguardo en los árboles que agrietan las paredes de una antigua mansión de columnas gastadas. Desde los cimientos de esa casa de plantación que ya entró en la era del escombro empujan enredaderas, expanden sus esporas los hongos y las ramas rasguñan victoriosas los ladrillos. La tángara embute el pecho cansado en la esquina de un alero, en el hueco que ya no habita un pájaro carpintero, al pie de los gorgojos que carcomen las vigas sin descanso. Son tres días de bruma, inundación y refugio. A veces logra comerse alguna araña ahogada. Otras, solo espera, estoica, a que el temporal se disipe.

Cuando merman los truenos y la lluvia, la tángara se encarama sobre los vientos que dejó la tormenta para impulsarse hacia el sur. Quién sabe cómo le pesen los miembros ahora que ha enflaquecido y si es por culpa del hambre que se detiene antes de la madrugada en un parque de la ciudad de Charleston. Diluye la sed en una fuente alfombrada de barro viscoso y monedas. Sube hasta la última rama de un olmo viejo que roza la enorme columna que sostiene la estatua del séptimo presidente del país. No parece inquietarse con el hombre furioso de bronce que compite con los árboles y vigila todo desde muy alto. Mancha con su excremento los líquenes que forran la corteza del árbol. Como si estuviera recuperando los alientos, espera la llegada del día que se anuncia despejado.

En su reposo de altura tal vez no vea o tal vez no le importen las tres mujeres encapuchadas que debajo de ella se trepan a la base del monumento para marcar las piedras del pedestal. Pero quizás el tufo desconocido de los aerosoles que ellas vacían alcance a alterarle la paz del pico, y es por eso que se inquieta.

TAKE IT DOWN!

FUCK CALHOUN!

RACIST STATUES GOTTA GO!

¿Alcanza ella, que sabe ver otros brillos y espectros, a detectar la explosión de pintura roja que lanzan las mujeres contra la placa que nombra al prócer defensor de la esclavitud? La cámara del teléfono de una de ellas filma todo desde el suelo, pero no llega a capturar al ave que en lo alto parece encender sus carnes de nuevo. No alcanza a registrar el contoneo de las fibras que a lo mejor se debaten entre dormir y vigilar y consumar el ansia de hormigas.

La tángara se sobresalta con la sirena de la policía que aúlla e interrumpe el ocaso con destellos azules. Entonces asciende a la última fronda, como si ese aleteo ligero la ayudara a encontrar el impulso que necesita antes de decidir si se va a otro sitio a menguar la fatiga. Como si buscara descifrar cada onda que sube hasta su rama, menea la cabeza, la gira, la agacha, la dobla, la inclina, quizás para sopesar los gritos de las mujeres que salen corriendo y los chillidos de carros de policía que se acercan. Cruza el parque hasta una palma en la otra esquina y se pone a buscar comida.

El dron de la policía que se eleva encima de los árboles para vigilar el parque cuando ya ha amanecido no la detecta. Quizás ella perciba que el zumbido del bicho metálico que sobrevuela las copas es señal de peligro cuando arrecian los quejidos de las urracas azules. Interrumpe la caza de insectos. Vuela sobre una calle y algunos edificios hasta reposar en uno de los grandes robles que han morado cientos de años al pie de la alcaldía.

En el parque que dejó atrás, un águila pescadora graznará rabiosa, extendiendo las alas desde el nido que construyó entre los pies de bronce de la estatua y se lanzará hacia el pájaro eléctrico que ha invadido sin permiso sus dominios. Arremeterá con el pico de garfio contra las hélices y lo arañará con las garras filudas hasta tumbarlo. La arenga de la máquina se apagará y al rato todo volverá a su revoloteo matutino. En la siguiente cuadra la tángara esculca nuevas cortezas.

*

Por un tiempo nadie la ve. Tampoco la detectan las máquinas del mundo. Sobrevuela carreteras plagadas de autos de insomnes que interrumpen florestas y lagos. Casas de jardines peluqueados que parece que nadie habita y otras que se tomó la chatarra. Canchas iluminadas, estacionamientos sin carros, pueblos breves. Bodegas enormes y pequeñas, fábricas con grandes chimeneas. Cultivos enormes de tomate, de maíz, de árboles frutales. Bosques contenidos en cuadrados perfectos. Pastizales llenos de máquinas viejas que ya nadie recuerda. Lotes llenos de carros nuevos que esperan dueño.

Alguien podría sentir cierto alivio al constatar que millones de pájaros peregrinos han escogido la noche y no el día para viajar. Así no tienen que avistar tanta cicatriz de tierra, tanta avioneta con propaganda, tanta arena robada de los fondos, tanta autopista que ya no es río, tanta máquina madrugando a rasguñar huesos viejos y recientes. ¿O acaso intuirán ya, desde lo alto, de cualquier forma, todo aquello?

*

La tángara necesita un bosque que la resucite antes del inevitable cruce por el mar. Como miles de pájaros más, aterriza al final de la península sobre una copa de una legión de árboles tercos que se rebelan contra el arsénico, el plomo y los pesticidas. Quién sabe si pueda sentirlos burlar los químicos que chamuscan sus raíces y enchuecan su voluntad de fractal y de altura. Como desconoce la señal de peligro que sobre el camino indica que allí se filtran venenos, la tángara beberá durante ese descanso el agua de los pozos que se forman en el lodo tóxico. Debe de ser experta en catar el genio de cada agua y el tipo de barro que la aliña. A lo mejor esta vez detecte allí amarguras y resinas desconocidas. Ya le han tocado antes aguas pobladas de sedimentos ardientes que quizás le han hecho doler la panza y le han quemado alguna víscera. Quién sabe si ya se resignó a ellas.

La mañana en que la tángara desciende al bosque desafiante que está al pie del Centro de Acogida de Menores Migrantes de Homestead, la oficial encargada de la inspección matutina de esa cárcel para niños que cruzaron lo que algunos llaman frontera estudia con atención los monitores de las cámaras de vigilancia. Le han pedido estar más alerta que nunca desde que una niña hondureña escapó de la prisión la semana anterior y terminó pidiendo posada en un criadero de avestruces de la zona.

En la cámara 1, aproximadamente ciento cincuenta niños uniformados entran en fila al campo de canchas de fútbol que bordea carpas y edificios. Se preparan para el ejercicio matutino antes de ser conducidos a los galpones por el resto del día. Cuatro hombres dirigen a los chicos, que bregan con pasos de autómata contra una fuerza que parece empujarlos hacia atrás. (Asidua a las películas de ciencia ficción, la mujer imagina que hay una corriente electromagnética de otra dimensión que los está haciendo retroceder mientras avanzan. Piensa en lo poco que se parecen esos chicos a su propio hijo, siempre tan dispuesto a correr hacia todas partes cada vez que una puerta se abre).

En la cámara 2, una doble fila de unas doscientas cincuenta niñas de diferentes edades, formadas por estatura, uniformadas y con gorras anaranjadas. Recorren un camino delimitado por cercas de barricada que las conduce al gran galpón de la cafetería. Diez mujeres coordinan su marcha.

En la cámara 3, un grupo de unas cien niñas uniformadas que diez oficiales encausan en una fila lenta cerca de la zona de los sanitarios portátiles. Allí tres mujeres las conducen hacia filas más pequeñas para que utilicen los baños. Algunas chicas usan las gorras naranjas como abanico. (La mujer se alegra de haber renunciado al trabajo del vivero que vende plantas por correo y estar ahora en la oficina climatizada donde evita la humedad insoportable de septiembre).

En la cámara 4, veintisiete niños y treinta y seis niñas formados en el estacionamiento del Centro (cuando hay menos de cien individuos el *software* reporta el número exacto de cuerpos y hace reconocimiento facial). Cada uno carga una bolsa en la mano. Cinco hombres los acompañan a subirse al bus con un letrero que dice de Department of Corrections. (Ella sabe que esos son los chicos que serán entregados a un familiar mientras se revisa su caso de asilo. Como ya le ha pasado antes, se alegra por ellos y por un momento desea que les vaya bien, pero luego piensa en las palabras de su presidente, que siempre repite que el país no puede volverse un santuario de intrusos y criminales, y se refrena).

En la cámara 5, un gran grupo de niños es obligado por siete adultos a formar una fila en el patio que colinda con los dormitorios. Los alistan para llevarlos al galpón de las clases donde tomarán el desayuno. Varios están inquietos y no respetan la fila. (Ella sabe que con la llegada del nuevo grupo de niños la semana anterior ya no queda más espacio en la cafetería). Doce chicos que al parecer intentaban quedarse atrás son obligados a unirse a la fila.

En la cámara 6, cuatro galpones vacíos llenos de hileras de catres donde los chicos pasan la noche. (Siempre que ve esta pantalla imagina lo difícil que sería para ella dormir en un lugar así).

En la cámara 7, la diminuta oficina destinada a las visitas de abogados. (No ha descifrado por qué, pero hay algo que la alivia de que casi siempre esté vacía).

En la cámara 8, la enfermería donde dos niños solos comparten un catre, cada uno con la cabeza en un extremo distinto. (Vuelve a preguntarse por qué han cortado el turno de la enfermera, que ahora solo llega a mediodía).

En la cámara 9, la calle que separa el centro del bosque tupido donde los pájaros descansan antes de seguir su camino. Las mismas trece viejas que protestan desde hace meses con sus carteles y parasoles se plantan sobre el andén.

FREE THE CHILDREN

NO HUMAN BEING IS ILLEGAL

END FAMILY SEPARATIONS NOW

KIDS DON'T BELONG IN DETENTION

CLOSE THIS CONCENTRATION CAMP!

(Le gusta que la cámara sea tan potente para permitirle acercar la imagen y leer los carteles. Nota que el de los campos de concentración es nuevo y que las mujeres también han puesto por primera vez allí una jaula metálica de animal grande con un muñeco adentro. Lanza los madrazos de siempre. Fantasea con gritarles algo a las mujeres cuando pase frente a ellas en su carro camino a casa. ¿No se dan cuenta de que estamos protegiendo su libertad? Pero no lo hará. Solo las mirará mal y negará con la cabeza. En la reunión del personal del final de la semana insistirá de nuevo en que la gente que protesta está desmoralizando a los empleados e interrumpiendo su trabajo. Que la policía tendría que hacer algo para sacarlos de allí. Varios estarán de acuerdo con ella).

En la cámara 10, la vista hacia el suelo que revela la cámara de la torre de radio del Departamento de Aduanas y Protección Fronteriza. Como siempre, la imagen está nublada por las manchas de mierda de los cientos de buitres que duermen, vomitan, orinan y defecan en la estructura todos los días. Se alcanzan a ver algunos de ellos posados sobre los rieles metálicos acicalándose para comenzar la caza del día.

En la cámara 11, que fue recién instalada sobre la torre principal de vigilancia del centro y permite una mirada panorámica de todo el perímetro, cientos de pájaros atraviesan el campo enrejado que comienza a llenarse de niños. Su vuelo veloz hace difícil detallarlos. Ella nunca ha visto por las cámaras, ni con sus propios ojos, a tantos pájaros interrumpir el cielo desde que empezó a trabajar allí un par de meses atrás. Se pregunta si les ha caído alguna calamidad. ¿O son ellos señal de algo que se avecina? Se lo consultará al pastor el domingo siguiente cuando vaya a la iglesia. Él recitará una parte de la Biblia que dice «Ni aun en tu pensamiento maldigas al rey, ni en los secretos de tu cámara maldigas al rico; porque las aves del cielo llevarán la voz, y las que tienen alas harán saber la palabra». A ella le costará entender qué tiene eso que ver con su pantalla invadida de manchas fugaces durante toda la semana. A los pocos días se le esfumará cualquier interés por descifrar la bandada, como se derriten con las olas los castillos de arena que su hijo construye cuando lo lleva a la playa.

En la primera bandada de aves que cruza las canchas de la prisión va la tángara, pero su aleteo es demasiado veloz para que la mujer detalle el cuerpo en trance de una de las miles de criaturas en propulsión que interrumpen la imagen completa de la cancha y la coreografía obligada de los niños del sur que no se imaginaban que así iba a ser el norte. Quizás ningún niño note a los pájaros en ese centro de detención donde fracasa su vida errante. No porque les disgusten las criaturas aladas (puede que muchos añoren el canto de algún ave en otra tierra), sino porque el cansancio que les ablanda los tendones y la angustia de que alguien los busque sin encontrarlos les está mermando la vida. ¿Con qué vigor inclinar la cabeza, ver el cielo abierto y ardiente y recordar que aún no termina el trayecto?

Por días, desde lo alto del clan de árboles rebeldes, la tángara acompaña sin querer a los niños encarcelados mientras picotea diligente, engullendo frutos, escarabajos, hormigas y termitas con una voracidad descomunal. Amontona entre el vientre alas, patas y antenas de insectos. Un par de veces cruza el campo árido donde sacan a los niños una vez al día a chamuscarse con el sol. Tras dos semanas de devorar, el pecho próspero y el flanco relleno parecen avisarle que se acabó la tregua y que hay que continuar. Aprovechar los cielos tranquilos.

*

Es imposible saber cómo hace para atravesar el mar sin detenerse por tanto tiempo. Ni de qué está hecho el impulso que la arroja con tanta entrega por entre los vapores del océano. Qué potencia le dicta que puede sobrevivir con la sola energía del insecto y la baya. Qué entusiasmo se aloja en sus alas y le asegura que ese pozo gigante sobre el que aletea por días y noches no es el final de todo mundo, sino un soplo que anuncia el comienzo de nuevas floras. ¿De dónde viene la candela visceral que la convence de que puede enfrentar cualquier tormenta? Son tiempos de propulsión furtiva. Estelar y magnética. Quién sabe —y esto nunca lo sabremos— si feliz.

Sobrepasa los barcos de la guardia costera y otras naves pesadas que insisten en su fantasía de dominar las aguas. Quién sabe si las nota desde lo alto, mientras titilan con una luz huérfana que la quiere distraer de las estrellas. En un bosque de las islas Caimán se detiene durante el día con miles más a escampar de un temporal que casi explotó mientras volaba. Al atardecer escapa del acecho de un halcón peregrino que se clava a engullirse una jutía en la misma rama del carate donde ella espera. Quizás varios alivios le inunden el pecho cuando aterriza en otro árbol. Caga. Antes del anochecer traga una libélula, tres escarabajos y varias hormigas.

Cuando recupera su rumbo en el mar abierto pasa por encima de un cocodrilo prófugo que nada hacia el norte en busca de isla. Ninguno verá al otro, claro, ocupados como están en otear los horizontes contrarios desde aire y agua. No se necesita un ojo cósmico para entender que, en algún momento de la noche, en esa intimidad de los fluidos, el pájaro y el reptil se conectan. Ella, aleteando con alas afanadas en busca de la tierra firme donde la espera el bosque de altiplano. Él, aleteando con las patas furibundas en busca de una orilla que esté lejos del río donde querían despellejarlo para venderlo como cartera. Ambos también vinculados por ese caudal de aguas turbias donde el cocodrilo removió sedimentos e historia para desembocar en el mar desconocido, que es el mismo que el ave tendrá que cruzar para encontrar reposo en las montañas que viven de las brumas de ese río.

*

A las selvas del Darién llega tras muchas horas de cruce por nubes que abrigan mares picados, tal vez famélica y sedienta, aunque a salvo de nuevas tormentas. Quizás al bajar a las frondas trenzadas se sienta acogida por tanto rumor y zumbido y chillido y siseo y ululación y grito y cacareo y graznido y goteo que nunca bulle igual en los bosques más parcos del norte. Tal vez la entusiasme de inmediato la explosión impaciente de la fruta que parece haber madurado solo para recibir en esa época a miles de advenedizas como ella. De pronto el enredo de fibras, donde todo se aruña y se invade, y es mordisco y bocado de alguien más, le anuncie la posibilidad de una guarida. A lo mejor el mundo viscoso, poblado de barros y musgos, impregnado de savia y espora, donde todo despliega con ruido y aroma su potencia, le anuncie que quedan pocos días de trayecto. No parece alterarla la lluvia que rueda a cada rato por los tallos de esa tribu de plantas y hongos donde la complicidad se sella y se deshace todo el tiempo. Ni los goterones que le acarician la nuca y que luego bajan a lamer los troncos y a enlodar los lodos, a hinchar los ríos y a aguzar las ranas. Parece estar a gusto con las aguas y la bruma que sostienen el trayecto de los árboles entre raíces y cielo.

En el segundo día de reposo y banquete, la tángara escapa al ataque de una mantis religiosa camuflada en la misma rama del caobo que frecuenta, lista para devorar el cerebro de sus presas. Quién sabe si el ave se lamente de haber tenido que abortar la caza del escarabajo que ha puesto sus huevos allí cerca. Quizás porque es precavida, no vuelve a posarse sobre ese árbol. O quizás sea otra la razón.

Pocos días antes de partir, cuando termina de abarrotarse las tripas para poder continuar, la sobresalta la turbina de una avioneta que roza la bóveda del bosque. Tal vez no perciba los rayos que lanza el sensor láser de medición de distancias que dos científicas del Observatorio de Árboles Antiguos apuntan hacia las copas para detectar los tamaños de los árboles más altos y reportar el carbono que almacenan. El aparato no la notará a ella posada en la rama de un cocobolo. El jaibaná emberá que trabaja para las científicas como guía contempla por la ventanilla todas las aves que salen volando al paso de la avioneta y se preocupa de que la máquina esté alterando demasiado a las madres de los animales, a los espíritus del agua y de las plantas acuáticas, a todas las criaturas que viven allí y que son también las almas de sus difuntos. Lo inquieta estar molestando desde allí al gallinazo real que abre las puertas al mundo de arriba. Intenta, pero le cuesta trabajo ver desde esa ventana y a esa velocidad cuáles son las aves que se elevan desconcertadas por la avioneta. Imagina que son

kewarás
kumbarrás
sorrés
pipidís
widó-widós
jue-jues

Se pregunta si el motor con alas que alborota a los pájaros es capaz de desordenar sus vuelos y cantos hasta romper el vínculo que ellos sostienen entre los vivientes de todos los mundos. Si el sobresalto les impedirá a las aves seguir anunciando con certeza las crecientes de los ríos, la llegada de las lluvias, la visita de la iguana, el embarazo de las mujeres. Siente el horror de no estar haciendo nada para evitarlo.

Intenta con dificultad descifrar desde lo alto las especies de árboles más grandes cuyas zonas ha señalado antes un satélite, pero que ahora él se comprometió a nombrar. Él, que ha trepado tantos troncos desde niño y se ha aferrado a tantas ramas, que ha hablado con los espíritus de la selva y conoce las almas curativas de hojas, raíces y semillas, que alucina redes subterráneas y ramajes y lleva cincuenta años ojeando hacia arriba, que en sus poros reconoce las diferentes aguas que carga el aire, los fundamentos de barros y raíces, la calidad de los soplos que lanzan las hojas de los árboles cuando están preocupados o satisfechos, ahora duda si reconoce su propia selva. En las expediciones a pie él ya ha identificado para las científicas los espavés, los bongos y los almendros de montaña más antiguos que conoce cerca de su resguardo actual. Pero ahora, lejos del barro que los sostiene y de las semillas que son su devenir, con el estruendo de la avioneta cancelando la cháchara de toda criatura, en el encierro plástico que anula los olores de la tierra, a esa altura que no le pertenece, el chamán se desorienta.

La tángara sale en desbandada con muchos más por la conmoción de la avioneta. Cuando el piloto anuncie que se acercan a la frontera con Colombia y deben dar media vuelta, el hombre evocará de nuevo su árbol de Salaquí, al otro lado de ese límite impuesto por otros, donde vivió antes de que la guerra lo obligara a escapar a Panamá con el resto de su pueblo. Interrumpirá la conversación de las científicas sobre carbono, sensores y satélites para contarles del espavé enorme de la quebrada Jurachira que protegía el resguardo donde nació. En su español accidentado describirá el tronco grueso y recto que es más grande que cualquiera que ellas hayan medido. Comparará sus raíces con murallas. Dirá que jamás ha vuelto a ver a nadie como ese ser de vara extensa y suave que evade las desgracias a pesar de los siglos. Sus abuelos de carne y hueso enseñaban que aquel pariente frondoso ya cuidaba a los antepasados antes de que llegaran los kampuniás a colonizar. El espavé fue la torre de vigilancia de la gente cuando los blancos aparecieron con sus caballos y sus ansias de guerra. Contará que desde ese tiempo trágico todo mayor debe recordarles en sus historias eso a los demás.

—Un sabio es el árbol de Salaquí, ese abuelo mío.

Una de las científicas le explicará que de los cincuenta y dos árboles que han detectado esa mañana, es probable que haya varios que tengan entre tres y seis siglos. Prometerá que cuando computen los datos tendrán un modelo y un estimado de cuántos viven allí desde antes de

Colón. Que divulgarán la noticia en periódicos y revistas y eso será bueno para el bosque. La mujer se lamentará de no poder cruzar la frontera para medir su espavé. Él se lamentará de no poder acariciarlo.

Por un momento el hombre agradecerá que alguien le diga que el árbol del que se exilió es suyo, aunque sepa que eso no es cierto. Imaginará la alegría que le daría sobar a su pariente, averiguar si aún llora savia aromática, si sus hojas molidas todavía huelen a fruta dulce, si sigue cambiando con tanto ahínco cada una de sus partes en el largo transcurrir del tiempo. Se preguntará una vez más si acompaña a la gente todavía o si se ha sentido abandonado desde la estampida. Si alguien ha llegado a tratar de tumbarlo o a recoger el cosmos que anuncia en sus semillas. Lo aliviará que las científicas no lo midan, aunque no se lo diga.

La avioneta retorna al norte sobre la bóveda de hojas y el umbral de pétalos que la tángara ha recorrido un poco antes hacia el sur, en busca de comida y menos estruendo. El chamán la intuye allí, a ella y a tantos más, como lo hace con ancestros y parientes, aunque no llegue a verla.

*

Tras una semana de insectos y frutos que le rellenan de nuevo el pecho y le engrosan el cuello, zarpa hacia al sur a atravesar las ondulaciones tupidas de la selva.

Quién sabe si en la oscuridad el ave note las cicatrices del suelo donde los mineros han arrasado bosque para hurgar los brillos de la tierra. Y aunque no sepa que es oro lo que buscan (ni comprenda en su vida de vapores y floras lo que es para la gente la inmortalidad del metal), tal vez pueda advertir que el suelo suda desamparos. A lo mejor perciba la quemazón del mercurio y la perplejidad de hongos y raíces, y el vigor milenario de los árboles que bregan por colonizar de nuevo la tierra erosionada. De pronto no puede advertir bajo las copas los rayos que lanzan las linternas de la gente que ha llegado desde Venezuela, Cuba, Haití, desde África, atravesando la selva para seguir a Norteamérica. Ni los alientos exhaustos de los perros que viajan con algunos de ellos desde tan lejos.

*

El viaje es sur y también ascenso. Acompañar a la selva a trepar los primeros brotes de la cordillera. Elevarse por los mantos impacientes del fondo de la tierra que llevan milenios queriendo rascar lo sideral. La tángara amasa los aires nublados con sus remeras, tensa las timoneras y apunta la corona hacia lo alto para remontar poco a poco esa faz de suelo que se alza, tapizada de bosque tupido y nube, anunciando el fin de la planicie. Como si sus alas se entregaran la tenacidad de tantos pliegues. Quizás cuando perciba que el mundo se ha vuelto arruga intuya que está más cerca de las frondas donde por meses podrá por fin detenerse.

Al alba, cuando la ataquen las fatigas, debe discernir dónde encontrar sosiego entre tantos cementerios de raíces que ahora interrumpen los bosques. ¿Advertirá que en el viaje anterior ese campo era más verde y boscoso? ¿La imprecará alguna tristeza? No parece apetecerle ninguno de los árboles solitarios que resisten en medio de los potreros de vacas y cultivos. Alea hasta encontrar un pedazo de manto espeso que sobrevive en medio de las montañas labradas al pie de Dabebia, el pueblo que brota allí cerca entre montes que se acechan. Se adentra en el bosque antiguo que desciende hasta una quebrada brava. Desde lo alto de las ramas las luces alcanzan a verse a lo lejos, anunciando esa hora extraña en que los humanos quieren más noche, pero el cosmos se la niega.

Los estallidos de metralletas revientan cerca. Quizás ella piense que son truenos de una tempestad sin viento y concluya que primero hay que atender el hambre y la sed, y nutrir la vitalidad que se desintegra. Cuando pasa el helicóptero y zarandea la calma húmeda de las ramas, la tángara interrumpe su cacería para tensar los dedos sobre el tallo y batallar el remolino de viento, hasta que la máquina finalmente se aleja. A pesar del desorden de sus plumas, tal vez sienta alivio cuando se vuelve a oír el alboroto del bosque, la persistencia de la chicharra y el grillo, aunque el eco de las armas siga retumbando en otro monte allí cerca.

Después llega la avioneta a interrumpirle el desayuno con el estruendo y el chorro de una lluvia blanca y fina. La mayoría del veneno cae sobre los cultivos, pero las gotas también alcanzan los árboles que se salvaron de la tala, donde la tángara se recupera. Es rocío tóxico que arde en la carne y nubla las pupilas. Riego que deja las alas pegachentas, cubre las bayas, cambia el sabor de las cosas y lastima la lengua. Charco acre en el que se ensucia el hierro que lleva eras acariciando el agua. Amargura mordaz. ¿Dolor, quizás?

De nuevo todo vuelve a su crepitar cuando se aleja la avioneta. El ave ansiosa de bichos vuela hasta una ceiba centenaria que bordea el río. El estruendo con el que el agua lame las rocas quizás ahogue para ella las voces de una niña, su madre y su perra que han llegado cerca de allí a bañarse el cuerpo para quitarse el veneno. La madre sale del río y deja que el agua escurra de su ropa mientras patea con ira las piedras.

—Ahora entiendo por qué anoche cantó el búho rayado.

—¿Y qué le dijo, ma?

La niña alza a la perra reticente y la obliga a meterse al agua con ella.

—¿Luego usted no sabía ya que cuando canta el búho es porque vienen peligros? Eso es infalible. Yo pensé que estaba anunciando que se iba a empeorar el cáncer de su tía. Haber sabido que era que venían los hijueputas milicos a fumigarnos el cultivo.

La niña se pregunta qué querrá decir infalible.

—¿Y si lavamos las hojas, mami?

—No, mija. El daño ya está hecho. La coca se va a marchitar hoy mismo. Espere y verá que también se va a joder todo lo demás. Así es con estos malparidos que manda el gobierno. Llegan y destruyen todo en un momentico.

—Pues busquemos un tucán.

Hace poco el abuelo le contó a la niña que tomar agua de una vasija de la que ha bebido un tucán mejora las suertes. A ella se le ha vuelto costumbre intentar consolar a la madre cada vez que la ve rabiosa por cosas que deberían darle tristeza.

—Oigan a esta.

—En serio, mami, que no es chiste. ¿Usted no ha visto tucanes por aquí? Si viven en estos árboles, pues entonces segurito que bajan a tomar agua del río. Nosotras tomamos de esa agua y verá que las cosas se pueden arreglar. O por lo menos un poquito mejoran. ¿Sí o qué?

—No se le vaya a ocurrir tomarme de esta agua ahora. ¿No ve que las avionetas pueden estar fumigando río arriba, que eso por allá está lleno de cultivos? Además, por aquí hace rato que no se ve un tucán.

—¿Y los tucanes se asustan con las avionetas?

La madre no le responde y le ordena entretenerse buscando colibríes. Ya le ha enseñado a la hija que verlos en vuelo puede ayudar a mejorar el destino.

Río arriba la tángara chapucea inquieta en un pozo pando que forma el agua. Quizás se sienta más ligera al lavarse la resina que le apelmaza las plumas y el olor amargo del veneno que le han rociado encima. Río abajo la niña camina por las rocas escudriñando entre los árboles, hasta que se cansa de no encontrar sino zancudos, mariposas y avispas. Cuando merma el estruendo de algún helicóptero que ella sí sabe que es guerra, percibe tantos gorjeos que supone que entre todos esos pájaros habrá uno que anuncie cosas buenas.

Meses más tarde, cuando madre e hija hayan cerrado la casa con candado, abandonado el cultivo marchito, vendido la vaca y las dos gallinas y se hayan mudado con la perra a donde una tía en Medellín, la niña pensará cada noche en el bosque donde a menudo se escondía con los primos y en el río que frecuentó hasta el día de los venenos. Evocará el agua que retumba en el cauce cuando acompañe a su mamá a vender minutos de celular y chucherías en el parque de los Pies Descalzos y le parezca ridícula la exaltación de los niños citadinos que juegan sin zapatos en las fuentes. Querrá presumir que ella sí conoce bien un río, decirles que allí hay tucanes y colibríes, y que ese parque no es nada al lado de las aguas vigorosas de su vereda. Pero al final solo los mirará con rabia desde la esquina.

Se topará alguna vez con un tucán de verdad en el refugio de animales salvajes a donde la llevarán de excursión los profesores de la fundación que apoya a niños desplazados. Antes de esa visión perturbadora verá en el mismo refugio a otras criaturas que escaparon de la calamidad. Se aliviará de que el jaguar rescatado que destroza un hueso parezca contento de no ser más la mascota de un narcotraficante, aunque su campo nuevo también tenga cercas. De que el oso perezoso parezca tranquilo, aunque el camión que lo arrolló en la carretera solo le haya dejado tres patas. De que las siete tortugas morrocoy naden a su antojo por los canales de agua del refugio tras años de vivir confinadas a vasijas y cajones. De que la iguana trepe ágil un naranjo en vez de pasar sus días intentando ignorar las rocas que los turistas le tiraban en la jaula de un hotel de Capurganá. De que los monos capuchinos, y sobre todo al que le mutilaron la mano, retocen en las ramas en vez de estar encadenados sobre los brazos de los hombres que los querían vender en la vía a Urabá. De que la guacamaya del pico roto no tenga que enfrentar más a su verdugo ni soñar con librarse de la cuerda con que duró tanto tiempo amarrada a una reja. De que los loros amazónicos se consuelen, por ahora, mientras los liberan de nuevo, con los árboles que crecen bajo la red, tras haber soportado dos semanas de oscuridad entre cajas que daban tumbos en avionetas y camiones, y librarse de ser enviados a Europa en la bodega de un barco cargado de azúcar.

Solo hasta el final, cuando la niña quiera sentarse a llorar en alguna parte, lo notará posado sobre la rama de un caracolí con el pico colorido y descomunal, que irrumpe desvergonzado de la cara amarilla. Una espada que parece puro artificio, como si el cuerpo del pájaro existiera solo para sostener ese escándalo. Asombrada, ella se apretará contra la reja para detallar cómo el ave destroza una papaya mientras se burla de todos los camuflajes. Admirará las manchas rojas, naranjas y azules que interrumpen el verdor del pico como si allí estuvieran a punto de nacer otros colores que ella nunca ha visto. Se preguntará si alguien pintó con un pincel las rayas tenues que lo cruzan y si el pájaro toma sangre a diario para teñirse la punta tan bermeja. Pensará que el pico es tijera poderosa capaz de ganarle a cualquier flor, que es caja mágica, navaja reina. Envidiará ese estuche que cuida una lengua larga y puede probarlo todo a sus anchas, como no puede ella.

Escuchará absorta cuando el guía explique que esa hembra de tucán que ahora se llama Guapa fue hallada a comienzos del año en el parqueadero de un centro comercial en Medellín. Preguntará cuándo van a dejarla en libertad y la apenará enterarse de que no podría sobrevivir en el bosque después de vivir tanto tiempo en la ciudad.

—¿Y uno no la puede adoptar?

El guía se reirá. La niña buscará urgida, sin encontrarlo, el bebedero en que el tucán moja sus colores. Sentirá unas ganas tremendas de tomarse el agua que roza ese pico, y un apetito feroz por arrancárselo para acariciar el mundo y rascarse la piel, y así mezclar todos los jugos. Pensará que cuando crezca trabajará rescatando animales robados y salvará animales salvajes de quienes los arrebatan de los bosques para venderlos sin permiso. Esa noche le explicará a su madre que será policía especializada en proteger criaturas, no del tipo que destruye los cultivos. Lo que no le confesará (por miedo a que su madre le desinfle la ilusión) es que quiere hacerlo para rescatar un día a un tucán que sufra un cautiverio injusto y poder compartir con él el agua milagrosa que transmuta su pico. Recuperar así la buena suerte.

Río arriba, entre apretones de ramas y fruta reventada, la tángara se aleja cada vez más de la mujer y su hija. Tras saciarse se retuerce y abanica las alas para escarbarse las plumas y limpiarse los parásitos que se le han ido alojando en el trayecto. La niña y la madre esperan toda la tarde en la vera de espuma, en medio de la llovizna, aburridas de espantar zancudos, hasta que dejan de oírse los helicópteros y entonan las lechuzas. Entonces emprenden con la perra el retorno a la casa envenenada. Como si tanto trueno le hubiera interrumpido el impulso, el pájaro se queda rozando un día más el follaje rebelde de ese bosque donde todo pulsa y se atestigua. Quizás lo confunda la guerra que sigue retumbando allí cerca. Vendaval que no huele a clorofila y no lame el revés de las hojas. Humo extraño. Barullo esporádico. Fluido blanco.

*

Es trabajo alzarse sobre el vaivén de montes que cada vez trepan más alto. Quién sabe cómo encuentra el ánimo para subir las espinas dorsales de una tierra que se pliega, se sume, se arquea y se congrega. Sobrevolar ríos enormes que espejean en valles lejanos. Avistar arroyos que desafían el ascenso de las cumbres. Surcar parches de nubes que gravitan hacia las laderas y se enzarzan en las ramas para sacrificarse a ellas. Aspirar un aire que se aligera y pone a bregar al corazón más de la cuenta.

Por suerte la tángara evade los grandes brillos de Medellín, que resplandece a un costado a lo lejos. Otras aves no podrán evitarlos. Como casi siempre en octubres y abriles, la juagan las nubes belicosas de la cordillera. Imposible saber si los relámpagos que ve explotar en montañas aledañas le producen algún temor. El río Magdalena se anuncia en la madrugada cuando el pájaro deja atrás las cumbres más empinadas del periplo. Tal vez note desde lo alto la abundancia plácida del valle. Quizás ignora que esa corriente de agua resignada a disolver la vida en sedimento está agotada de arrastrar barros y huesos. Clava la corona para domar el aire que se va espesando en su descenso. A lo mejor es porque al río lo bordean tantos pastizales y fango que, a pesar de la fatiga de cruzar dos cordilleras, el pájaro posterga el aterrizaje hasta las colinas arboladas que anuncian al borde del valle el comienzo de nuevas cimas.

Durante dos días descansa en un bosque que se empeña con fervor en repoblar la ancha morada que hace años le robaron los cultivos y las vacas. Devora la fruta que revienta en los guamos, cafetos, aguacatillos y guayabos. ¿Sabrá cuáles son los otros pájaros que recién han llegado allí como ella? ¿Detectará sus potencias errantes? ¿Los sentirá como iguales?

En la noche en que zarpa de nuevo se topa con miles de aves que amasan el cielo. El geolocalizador que manda señales a la Estación Espacial Internacional desde el lomo de un zorzalito que va allí no podrá revelarle a nadie que en esas coordenadas una tángara escarlata se ha unido a la enorme bandada y que por un rato aletea al pie del pajarito marrón.

*

Un mandato arcaico parece impulsar su ascenso por la nueva cordillera hacia albas más frías donde habitan las uvas de monte y los frutos de arrayán. Despliega su levedad con empeño para rozar las cimas de unas montañas cada vez más altas. Desordena el cielo que vigilaban los cóndores antes de morirse casi todos. Sobrepasa farallones de roca y frailejón. ¿Se retardará su vuelo en esas cumbres de arbustos pequeños, como nos pasa a los caminantes cuando nos atraviesan los aires ligeros de altura? Entusiasta de horizonte, les gana la carrera a las nubes que nacen del gran río pero se elevan más lentas, rechonchas de deseo vertical y gravedad. Ambas se penetran, subiendo para luego bajar. Las agujas de agua comienzan a punzarle las alas, pero ella alea absorta, ignorando también las que le juagan el pico y las pupilas.

Cuando por fin alcanza el altiplano aparece a lo lejos la mancha luminosa de Bogotá que descolora el cielo, confunde la noche y la llama al desvío. Debajo de ella comienzan a aparecer las calles del occidente de la ciudad, vacías solo a esa hora, el aeropuerto parasitado de aviones y las bodegas de la zona industrial. El agua de un humedal brilla, pero la tángara no podrá ver la jauría de perros ferales que descansa bajo los alcaparros y el chusque. El aguacero se recrudece y rebosa los caños de una ciudad que siempre ha desdeñado sus aguas. Ella sobrevuela hacia el oriente sobre el arrume desigual de techos y tanques, de antenas que imitan setas, hasta encontrar un grupo de árboles amontonados en un parque. Un guayacán veterano la invita a aguantar en sus ramas el resto del diluvio. Ella se aferra. Soporta los truenos que le aligeran su intento de siesta. Tal vez sienta frío ahora que está mucho más huesuda y se pregunte cómo podrá rellenar los vacíos. Quizás no note que debajo de unas bancas de concreto duermen dos perros callejeros.

Cuando el aguacero se vuelve llovizna y la luz inicia su lucha por blanquearse entre los nubarrones, la tángara sale en busca de ramas más tupidas. Parece como si percibiera el llamado de los cerros que se erigen cerca. Tal vez la agobien los chirridos de frenos y bocinas de la ciudad recién despierta y sepa que son falsas imitaciones de animal urgido. Quizás el aire pesado que hiede a combustión le queme los fondos.

Pero antes de buscar asilo en la montaña maciza está el espejo. El edificio de banco con sus ventanales relucientes que amagan con ser cielo. El porrazo contra el cristal sume al ave en una opacidad distinta a la del sueño. No hay mujer que limpie oficinas ni gerente que haya madrugado a autorizar un nuevo préstamo que atestigüe al ave reventando su nuca contra el vidrio grueso. Tal vez sea la costumbre implacable de sus alas lo que la hace seguir flotando tras el golpe y no quebrarse contra el pavimento.

Puede ser que en su atolondramiento los muros y ventanas de todos los edificios se bamboleen y el mundo se vuelva un borrón que no permite confiar en ningún árbol. Quién sabe cómo la puncen los dolores y qué ardor le cruce la nuca desgarrada. Si la lacera el magullón de la corona o le ruje la unión maltratada entre las alas. Quizás la atormente el manto en que se aloja el vigor que sabe elevarla al aire.

Alelada aterriza en el balcón del tercer piso de un edificio pequeño. La mujer que sale allí a colgar una toalla olvida la pesadumbre que le pincha el coxis cuando encuentra al ave aturdida sobre el suelo de granito. Al percibir tanta quietud se pregunta dónde están la mirada alerta y el cuello danzarín que ostentaría cualquier pájaro. ¿Por qué no amaga con partir? Como si estuviera embalsamada en la vitrina de un museo, la tángara ignora los granos de arroz y el agua que ella le pone en el suelo. A lo mejor sienta pavor del cuerpo enorme que se le acerca, tan huidiza y fugaz que sabe ser, pero tal vez el miedo se le embotelle adentro.

—¿Qué te pasa, pájaro?

Por primera vez un dedo humano le frota el lomo y despeluca las plumas rojizas que esconde su abrigo amarillo. ¿Estará todavía tan abrumada que no alcanza a percibir la imposición? La mujer siente el corazón apurado del ave y se reprocha por contemplarla tan cerca. Quiere disculparse. Sospecha que está violando una ley milenaria que dicta que las aves libres no pueden afincarse en el ojo humano. Que nadie debería obligarlas a dejar de ser efímeras.

Se pregunta por qué el ave se detuvo en su balcón, entre la escoba y las cuerdas de ropa, y no en el caucho del jardín vecino, en el urapán centenario de la calle o en los eucaliptos de los cerros que se encaraman allí cerca. Quiere concluir que la tángara la ha escogido a ella por el vínculo especial que cree tener con los pájaros. De niña, ella ya se sintió elegida la vez en que caminando por un pastizal de la finca donde creció notó una bandada de golondrinas que le revoloteaban encima y un pedazo de mierda aterrizó desde el cielo en la palma de su mano. En esa edad en la que todo le parecía un poco equivocado, ella decidió que el excremento de ave que yacía en la línea media de su mano (la línea de la cabeza, como le había dicho la cocinera, experta en quiromancia) era un augurio indiscutible de buena suerte y una ofrenda. En esa misma finca había ayudado desde pequeña a golondrinas y colibríes con agua endulzada y cariños cuando estrellaban su entusiasmo contra los vidrios. Los levantaba cuando caían turbados tras el golpe y los encuevaba en sus manos hasta que cedía su aturdimiento. Felicitaba a los sobrevivientes cuando salían volando de nuevo. Enterraba a los que caían muertos. Pero ahora, con la carga de los años que a algunos nos hace más ensimismados, le cuesta sospechar que la desolación de ese pájaro, enclaustrado en su parálisis, pueda provenir del choque de un cristal contra su implacable convicción de peregrino.

Le gusta pensar por un momento que el ave escogió detenerse al pie de ella porque es capaz de tantear su devoción por los animales, el desasosiego que la sacude cada vez que piensa en el acoso que sufren las criaturas, que es casi todos los días. La crispación que la obliga a salir algunas noches a dejar huesos en las esquinas para los perros callejeros, organizar colectas para asociaciones defensoras de animales y protestar contra la crueldad animal frente a la plaza de toros cuando hay corridas. La urgencia que la llevó recientemente a recoger y encontrarle un hogar a la perra atropellada que estaba abandonada en el parador de una carretera, convencer a una tía que vive en el campo de adoptar a un caballo maltratado que jalaba una carreta por las calles de la ciudad e intentar persuadir a su abuelo de no fumigar el maíz para que no se envenenen las abejas. La indignación con los amigos a los que no ha podido convencer de volverse veganos como ella.

Después se reprocha por concluir que un ave extraña le está mendigando socorro. Entonces recuerda a los pájaros intrépidos que se fugan de las jaulas de sus dueños. Se pregunta si el pájaro de su balcón está apabullado porque salió del cautiverio de un apartamento al estruendo humeante de Bogotá. Algunos años atrás, cuando se fue a estudiar a Boston, se percató de una rebelión de aves cautivas por los carteles de búsqueda que aparecieron un otoño en los postes del barrio en el que vivía. El primero anunciaba que se había perdido un periquito verde de garganta rosada y negra. En el cartel, la foto de un pájaro bello, llamado Bandi, posando dignamente sobre un dedo humano.

En los meses que siguieron, quizás porque ya tenía el ojo entrenado para fisgonear tanta proclama en la calle, notó más anuncios de deserciones. Una cacatúa, otro perico, una lora (con el inolvidable nombre de Lollypop), una paloma de una sola pata (que ella no concebía cómo había hecho para escapar), un canario. Siempre un dueño declarando la ausencia de su ave, rogando al pueblo que viniera en su ayuda a solucionarle el abandono, a paliarle la reciente orfandad. Siempre la promesa de una gran recompensa al interpelado lector que se animara a subir la mirada y entre el follaje detectara al pájaro extraño chiflar desde una rama, mientras los demás alados del mundo se largaban del frío que azotaba esos nortes. Como si esa gente no comprendiera que las aves prófugas deseaban desertar y olvidar dedos, rejas, olor a carne frita, televisores y tapetes, y desempolvar las alas atrofiadas para por fin entender al árbol. ¿Apuntaba su rebelión a algo mayor, a algo que tenía que ver con lo jodido que estaba el mundo? En esos meses oscuros de estudio se había alegrado por las aves díscolas. Por meses les había mandado mensajes telepáticos de ánimo y fortaleza para que perseveraran en el éxodo, aunque sabía que nunca les llegarían.

Una amiga bióloga le había contado aquella vez sobre los estudios científicos hechos por décadas con aves migratorias cautivas. De cómo al comienzo del otoño y la primavera, durante los días en que a su estirpe le correspondía mudarse, las aves enjauladas se ponían frenéticas, saltaban y batían las alas con desesperación, se golpeaban contra las rejas, sufrían de insomnio. Los expertos llevaban décadas estudiando la turbación, observando y midiendo el suplicio, para probar la teoría de que los pájaros perciben todas las minucias de la danza interplanetaria y calibran sus relojes con los tiempos cósmicos para hacer su travesía. La ciencia intentando desentrañar el misterio del nómada para luego nombrarlo.

Zugunruhe

Del alemán *Zug*, mudanza o migración, y *Unruhe*, revuelo, agitación. Fue cuando quiso saber más sobre el cautiverio de los pájaros que se topó con la palabra con la que un ornitólogo alemán nombró en 1707 al síntoma de las aves cautivas. La perturbación de unos pájaros errantes para quienes la quietud es el único exilio. Una palabra para enmascarar la infamia de los victimarios, para intentar nombrar la convicción que excede aquello que los humanos llamamos libre albedrío. Había olvidado el término cuando regresó de estudiar en Estados Unidos, y solo ahora, con la tángara paralizada frente a ella, ha vuelto a recordarlo.

No le importa llegar tarde al trabajo. En internet encuentra cientos de fotos de tángaras escarlatas —machos de plumas rojas que cambian a ocre con la época, hembras amarillas— sobre las ramas de una gran parte del continente. El nombre científico, los nombres comunes y las regiones que habita la especie. También el mapa que conecta con flechas coloridas el noreste del hemisferio, donde se aparean y cuidan los huevos, con las zonas tropicales que recorren durante la migración y las montañas andinas donde evitan lo que en su floresta del norte llamamos invierno. La lista de detalles le parece tan obscena frente a la vitalidad tenue del pájaro que no parece encontrar su potencia en el balcón. Entonces confirma que sigue allí, petrificado. ¿Habrá bajado allí para morir? Se entera de que un macho fue marcado en Pensilvania en 1990 y encontrado en Texas en 2001. Por lo menos veinticuatro ires y venires. Le duele no saber cuántos ha hecho este.

La conmueve que allí tan cerca descanse esa cifra del viaje continental, esa prueba de nomadismo soberano. Sabe que exagera, pero le gustaría pensar que no es una coincidencia que la tángara haya bajado a su balcón cuando ambas comparten travesías, aunque una haya nacido en el sur y otra en el norte, aunque los viajes de la alada estén hechos de otras corrientes y de muchas más paradas. Quisiera concluir que las dos están enlazadas por el vaivén del viaje y por el amor hacia el sol intenso que no existe en el invierno. Que esto las sintoniza y que las iguala de alguna manera.

Vigila a la tángara un rato más desde la puerta del balcón hasta que solo puede concluir con certeza que el ave que la ignora no ruega amparo ni reconocimiento. Cree entender su reclamo de soledad. Presiente que está exhausta por causa de pesares que ella nunca podrá desentrañar. Antes de dejarla sola le toma una foto.

En los años siguientes la imagen del pájaro sobre el granito agrietado será un fetiche que la alegre y la inquiete, como las estampitas de la Virgen triste y los santos martirizados que la gente creyente guarda en su billetera. La tángara le guiñará desde el fondo de pantalla de su computador hasta que un día se lo roben y pierda todos los archivos que no alcanzó a copiar, y nunca más la vea.

La mujer seguirá preguntándose por mucho tiempo por qué ese pájaro se le reveló en el balcón vacío del

edificio donde vivirá unos meses más hasta que hagan recortes de personal en el Archivo Nacional, donde trabaja. Cuando regrese a Estados Unidos con un préstamo oneroso para sacar un nuevo diploma se obsesionará otra vez con esa tángara. Especulará sobre los viajes que podría haber hecho desde entonces, esperando que siga viva, y se emocionará al pensar que, así como una vez se acercaron en el sur, quizás también el pájaro le haya volado encima en su regreso a veranear en algún bosque del noreste donde ella intenta arrancar otra vida. Y, entonces, en los fines de semana de cada primavera, buscará a las tángaras escarlatas en las florestas de Pennsylvania, cuando los troncos pelados empiecen a palpitar con aterrizajes y canciones. Durará varios meses pagando a crédito unos binóculos potentes. Se rascará los ojos atiborrados de polen hasta querer sacárselos. Intentará memorizar los cantos de la especie que están grabados en internet, aunque le cueste mucho recordarlos. Vigilará a diario los mapas de los radares que detectan las migraciones aéreas y la página en la que la gente reporta avistamientos en tiempo real que aparecen en un mapa continental con banderitas rojas. Le dolerá no poder ver el paso de millones de pájaros migrantes que raptan el cielo en las noches de abril y septiembre, aunque los busque desde el balconcito del apartamento que alquila. A pesar de su pésima memoria, se esforzará para aprender a identificar más especies. Intentará no desilusionarse cuando vea a los pájaros sedentarios, los que prefieren quedarse allí sobreviviendo al frío más horrendo, y en los inviernos cuando todo parezca haber muerto comenzará a sentir admiración por ellos. Cuando en mayo identifique a alguno que venga del sur le gritará un bienvenido que retumbará por el bosque, sin importarle que la gente que camine cerca la mire con extrañeza.

En siete años de búsqueda no verá nunca una tángara escarlata, aunque a menudo crea estar escuchándolas en lo alto de los robles y otra gente con binóculos que se encuentre en los caminos le confirme que han arribado. Hasta que un junio, caminando por un bosque de garrapatas voraces cerca de Philadelphia, reconozca el

tiit tiiiuuuit tiuit tiit tiuuuit

y logre ver un macho altivo que destella desde la punta de un cedro de hojas nuevas toda la rojez y el canto. Intentará filmarlo con el celular, pero en el video solo alcanzarán a registrarse el follaje que se mueve y la bulla de muchos pájaros. Les contará de su avistamiento a sus amigas, pero se decepcionará de que ninguna comparta el mismo asombro de ella.

Por esa época una novia breve que solo hablará inglés y poco habrá viajado la obligará a nombrar las razones de su obsesión, que antes se le alojaban sin palabras en los dobleces de las vísceras, como un misterio. Será cuando ya no tenga otra opción que aceptar que se ha ido quedando en Philadelphia y que no es tan fácil el vaivén recíproco entre dos tierras. Se habrá casado con un amigo solo para obtener el documento de residente alienígena que la eximirá de pasarse la vida mendigando permisos de estadía. Habrá conseguido un trabajo en una fundación para la reforma de las prisiones que le dará lo justo para vivir y enviar dinero a una reserva para animales maltratados en Cali todos los meses. Habrá adoptado un gato del albergue del que se hará volunta-ria. Con reticencia, habrá comenzado a aprenderse los nombres de los árboles gringos que por tanto tiempo prefirió ignorar, aunque a menudo, cuando no tengan hojas, los olvidará.

En un inglés que la hará sentirse siempre inexacta y dudosa, le explicará a su amante que la deslumbran las aves viajeras porque, en su ondulación que desmorona la línea entre cielo y tierra, vuelven morada breve cada nicho del mundo mientras que sus alas insisten en que nada se habita de forma definitiva. Huéspedes del cielo, donde no hay guarida, ignoran las fronteras infames que inventa la gente, y se burlan de la ira humana que maldice al forastero. Nadie puede gritarles ¡regrésate a tu puto país! para ofenderlas (como se lo dirán una vez a ella). Aunque en el viaje al pájaro puedan paralizarlo la sequía y el frío, un depredador hambriento y tantos estorbos humanos, no lo carcome la añoranza. Profana cualquier lindero, pero siempre está inmerso en la mixtura, no al lado o al margen, sino enredado en los tejidos del mundo, que son también los del aire, donde no importa la residencia.

Aunque no quiera confesarlo, la obsesiva de tángaras finalmente comprenderá la envidia que le tiene al pájaro viajero, los celos de que pueda habitar esa ambigüedad sin agonías y de que desafíe con su ligereza las tribulaciones que a ella sí la acechan. Que acepte sin angustias (o eso cree ella) el mandato cósmico que lo invita siempre a volver. A ella, en cambio, los vaivenes de una década entre el norte y el sur del continente (que cada vez serán más esporádicos), el cambio de paisaje de los bosques gringos, con sus sendas señalizadas y colinas breves donde resuenan las autopistas y la gente no saluda, a los caminos torcidos y nublados de las montañas andinas que ahora solo recorre en visitas breves le trenzarán siempre el cuerpo de deslumbramiento y agobio. Toda llegada al norte después de un tiempo en el sur la atormentará con los espectros que activa la nostalgia, aunque le parezca cursi y siempre intente desempolvársela. Todo apartamento en donde viva le despertará la agotadora promesa del arraigo para luego aterrarla con la amenaza de un cautiverio. Le dolerá el cambio de almohada, de nubes, de norte, de agua, pero seguirá procurándolo. Sentirá dicha y luego molestia cuando, después de las vacaciones en Colombia, encuentre siempre las semillas de pasto del altiplano (que su abuela llamaba amores) aferradas a las telas de su ropa a pesar de aviones y lavadoras. Aunque intente, no podrá ignorar el jalón vegetativo, la imantación visceral que le han dejado los aires y las cortezas de las montañas que trepó desde la niñez, a pesar de pasar casi todo el año lejos de ellas. En la época más oscura y lampiña del invierno, cuando las migratorias ya hayan terminado su lúcida fuga, sentirá el tirón de la cordillera lejana, como un ramalazo entre las vértebras. Sabrá que es inútil apaciguar esa lesión que se niega a coagular. Y aunque a menudo piense que debería regresar y a veces hasta se lo prometa, no hará nada por volver a vivir de lleno en Bogotá.

Le aclarará a esa novia fugaz que le fascina que el pájaro migratorio confíe su vida sin titubear al flujo de las corrientes y a las frondas, aunque sus ramas a menudo se sacudan. En el descanso del tránsito, su única raíz es la que le ofrece cada árbol pasajero. Su viaje no es éxodo sino celebración de la perpetuidad de la mudanza. Encarna con valentía su soledad de visitante, aunque a ratos cuide hijos o aletee en una bandada. No busca pertenecer y escapar siempre de algo, mientras que la gente como ella, o quizás toda la gente, vive atascada en esas cantaletas.

Podrá afirmar, finalmente, que la maravilla la romería del pájaro hacia el bosque, su reverencia por el brote pujante y la hoja viva por la que escapa del frío invernal que ella tanto detesta. La conversación fiel que entabla con el sol y que comparte con el árbol. Su peregrinaje constante hacia el ánimo medular de lo vegetativo, hacia el tiempo más entusiasta de la hoja.

Se sentirá insultada cuando la otra diga que en realidad los pájaros migran para quedarse en casa, pues buscan condiciones familiares en los dos lugares. Responderá que cómo se atreve a comparar un bosque con el otro, y más sin haber viajado allá nunca, y la callará diciendo que ahí están pintados los gringos.

Insistirá en que un pájaro migrante sería el primero en darse cuenta de que en el trópico los árboles no padecen un descanso estoico de meses y tienen otra velocidad las savias. De que el follaje allí se enreda de otras maneras.

Al comprender con claridad las raíces de su adoración y su envidia, la mujer entenderá que, a pesar de que el ave y ella estén cruzadas por tantas frondas septentrionales y ecuatoriales, nunca, nunca llegarán a ser iguales. (Tampoco con esa amante encontrará una correspondencia. Odiará su sueño de querer comprar una casa en los suburbios. Su fobia a los insectos y su amor por el invierno. Que use el nosotros cuando hable del gobierno. Resentirá la torpeza con que trepa los caminos de roca y se tropieza con cualquier raíz. Su desconfianza del bosque. Se abandonarán al poco tiempo de que la que venera a los pájaros deje de rogarle a la que no le importan nada que la acompañe a buscarlos entre los árboles).

La tángara escapa de su trance en el balcón del norte de Bogotá pocos minutos antes de que la mujer se asome de nuevo a vigilarla. Intactos los granos de quinua, intacta también parece el agua de la vasija (años más tarde la mujer concluirá que ha debido dejarle una fruta abierta). Quizás sea el mandato feroz de viaje lo que finalmente ha despertado al pájaro de su letargo, piensa ella. Una especie de *zugunruhe*, la agitación de la mudanza. Se lamenta de que no haya dejado ningún rastro. Se agacha a buscar alguna mancha de mierda sobre el granito, pero no la encuentra.

*

Ninguna persona podrá saber cómo hace la tángara para ignorar el ardor de los magullones, recuperar las coordenadas e ir en busca de un bosque más tupido. Vuela en medio de la llovizna por encima de los edificios hasta llegar a los cerros empantanados. Asciende a la punta de la montaña donde la ciudad se vuelve un secreto ronco e iracundo. ¿Cómo le rugirá el hambre? ¿Le estallarán por dentro unos dolores? Sobre los palos mojados de eucaliptos y pinos el pájaro no encuentra insectos. Tampoco hay frutos. Tal vez sienta reverberar más sus latidos ahora que se ha desvanecido la carne que en otras épocas acolchona sus vísceras.

*

A lo mejor ignorando el escozor que palpita en sus tendones y huesos, esa noche la tángara se levanta urgida a completar lo que le queda del último trecho. Bordea las montañas que obligan a la ciudad a detenerse y cruza una planicie donde escasean las luces. Asciende sobre farallones rocosos y cumbres. Sobrevuela una laguna que se está secando, a pesar de su brillo. Alguien que no conozca su periplo confundiría su agotamiento con extravío.

Imposible saber cómo es que en medio de tantas cimas incrustadas de nubes la tángara reconoce la montaña de siempre. ¿Qué nervio le dice que allí está la morada que antes la ha acogido y que ha llegado al final del camino? Atraviesa la neblina para descender al bosque de su pasado. Quién sabe si la invade una desilusión o una duda cuando encuentra allí un pastizal escalonado que anuncia el exterminio de los romerones, los robles, los gaques, los encenillos, los higuerones, los suscas, los arrayanes, los cedros y los pinos negros. Entre los cadáveres de algunos troncos enormes rumian ahora once vacas deseosas de pasto. La tángara no podrá saber a dónde han ido a parar los árboles que años antes la sostuvieron a ella y a tantos escarabajos y arañas, mariposas, polillas y puercoespines. Cómo se apagó la inteligencia mineral de millones de raíces que buscaban con fervor el centro de la tierra. ¿Percibirá la pena que emana de lo arrasado? De pronto de alguna manera le surja la pregunta de la ausencia.

Tal vez la tángara reconozca el roble que sobrevive en el centro del potrero cuando se posa allí por un rato como buscando una pausa para superar la perplejidad. Quizás sepa que ya estuvo encaramada allí otras veces y sienta la acogida del árbol vivo que aún abrazan las parásitas, los hongos y los helechos. Quién sabe si escuche un aturdimiento vaporoso brotar de las hojas del sobreviviente y perciba sus lamentos por la ausencia de la tribu, por el vínculo perdido que segó la motosierra. Tal vez alcance a entender sobre los músculos del tronco el desconcierto de las raíces que buscan, pero no encuentran, otros tentáculos vivos. El deseo aún intacto de urdirse con otros. El ansia rebelde de las ramas centenarias que arrojan nuevas semillas y siguen pariendo hijos entusiastas, aunque las vacas los mastiquen sin tregua. Los dedos curtidos del ave aprietan la rama, acolchonada de líquenes y musgos, y se mojan. Quién sabe si ambas criaturas se topen en la ilusión de que en el aire y las fibras sobreviva el nervio que puede hacer resurgir el vecindario.

En la fronda más alta de ese árbol gigante el pájaro espera a que rompa bien la madrugada para otear el resto de las planicies y colinas que se expanden frente a ella, donde la niebla comienza a disolverse. Entonces parece encontrar la última burbuja de brío que le queda entre el pecho, y se echa de nuevo al vuelo. Pasa encima de unos cultivos de papa florecidos que fumigan varios hombres. Sobrevuela más tierras aradas, más pastizales con vacas y un camino de herradura en el que brillan los charcos, hasta que llega a una colina nueva donde los árboles centenarios se aprietan, satisfechos, en el trabajo constante de tejer la piel de la ladera.

Una arboleda densa de robles se alza generosa detrás de una casa pequeña. Unos perros ladran. Los carriquíes entonan su bochinche. Seguro que está aliviada. ¿Cierto? De pronto en ella ondula algo parecido a la alegría o al consuelo. A lo mejor sepa que, al posarse en ese bosque de niebla, tras los desvíos, desde el instante en que se confíe a las frondas chuecas y se adentre en el barullo, nada de eso será ajeno. Al menos por un tiempo, hasta que el cosmos vuelva a ordenarle el regreso.

III
Andarse por esas tierras

Andarse por esas tierras = quycas isyne
Dentro de la tierra = hichatana, l, hischy cuspquana
ANÓNIMO, *Diccionario y Gramática Chibcha*
(Comienzos del siglo XVII)

Behold this compost! behold it well!
...

Now I am terrified at the Earth, it is that calm and
patient,
It grows such sweet things out of such corruptions,
It turns harmless and stainless on its axis, with such endless
successions of diseas'd corpses,
It distills such exquisite winds out of such infused fetor,
It renews with such unwitting looks its prodigal, annual,
sumptuous crops,
It gives such divine materials to men, and accepts such
leavings from them at last.

WHALT WHITMAN, "This compost"

Se llama tankayllu al tábano zumbador a inofensivo que vuela en el campo libando flores. El tankayllu aparece en Abril pero en los campos regados se le puede ver en otros días del año. Agita sus alas con una velocidad, alocada, para elevar su pesado cuerpo, su vientre excesivo. (…) Los niños le dan caza para beber la miel en que está untado ese falso aguijón. (…) como el ruido de sus alas es intenso, demasiado fuerte para su pequeña figura, los indios creen que el tankayllu tiene en el cuerpo algo más que su sola vida. ¿Por qué tiene miel en el tapón del vientre? ¿Por qué sus pequeñas y endebles alas mueven el viento hasta agitarlo y cambiarlo? ¿Cómo es que el aire sopla sobre el rostro de quien lo mira cuando pasa el tankayllu? Su pequeño cuerpo no puede darle tanto aliento. Él remueve el aire, zumba como un ser grande; su cuerpo afelpado desaparece en la luz, elevándose perpendicularmente. No, no es un ser malvado; los niños que beben su miel sienten el corazón durante toda la vida como el roce de un tibio aliento que los protege contra el rencor y la melancolía.

JOSÉ MARÍA ARGUEDAS, *Los ríos profundos*

Ya se había salvado antes del destierro. Primero sobrevivió al ardor del azadón con el que quebraron el barro de su morada, al pie del sauco, para sembrar acelgas en la nueva huerta. Por ese entonces aún era joven y blanduzca. Solo un mes atrás había reventado la membrana babosa del huevo que la hospedaba y había salido a arrastrar su serenidad de larva por entre polvo y mineral. El día en que todo comenzó a temblar a su alrededor y los grumos que la abrazaban se aflojaron y la herramienta la lanzó por los aires, se salvó de que el filo del metal la rasgara en dos. De que se le escaparan por un roto los jugos viscosos de hojas descompuestas que la hinchaban, como les pasó a un par de hermanos. Cuando cayó de vuelta en la tierra, los rollos gruesos de su cuerpo de larva la acolchonaron y la protegió del golpe el casco duro que aún le acorazaba la cabeza. Entonces logró recoger el larguero de gusano que luego cargó con paciencia por un mes más, donde aún maduraban, inermes, su tórax y sus alas. Se giró boca abajo y remolcó el acordeón espeso por entre el barro hasta adentrarse otra vez en la negrura de micorriza y piedra, por cuyo nuevo desorden comenzarían a colarse más nubes que de costumbre.

Alguien diría que solo ahora, dos meses después de que el azadón le trastocara la tierra, cuando está dejando de ser pupa, es que comienza su vida errante. O el inicio de su carrera de errores, que para muchos es lo mismo que partir. Rasga con ánimo el pellejo de esa casa subterránea que la contuvo un rato, mientras se estaba construyendo mejor. Se deshace de sus propios bordes (quizás sin nostalgia), para despedirse de la vida resbalosa y blandengue de chisa blanca y anunciar que es un escarabajo blindado de armadura marrón. Que seguirá surcando los suelos, pero de otra forma. (¿Quién no ha tenido que anunciar eso de vez en cuando?). Estira las patas, las alista para cargar el nuevo cuerpo sólido y cóncavo, y sale a sortear las raíces, a restregarse contra los polvos, a batallar estoica piedras y terrones, a encarar el aire húmedo de la noche. No come hojas desde sus tiempos de larva y con seguridad la asalta el hambre. Quizás, tras semanas de sueño bajo la tierra, su mandíbula esté un poco entumecida y necesite destrabarla para empezar a devorar de nuevo y mejor el follaje.

Desdoblar las alas por primera vez y dispararlas bajo el peso de la armadura parece costarle trabajo. Estrenarlas en un primer vuelo corto y torpe, como un juego pirotécnico que explota chueco porque lleva demasiado tiempo guardado. Quizás no la conmuevan su nuevo zumbido de celofán ni su viaje sin pasos, y los acepte como una voluntad que la puebla desde siempre. Tal vez sea deliberado su aterrizaje en el jardín que bordea la casa, al pie de las plantas mordisqueadas que se esfuerzan por seguir brotando en medio de las lluvias y la invasión de los escarabajos, como ella, que se asoman en noviembre. Avanza lentamente para sortear los tallos y los desniveles del terreno, soportando el vaivén de su tórax que siempre está a punto de hacerla volcar. Algunos dirían que toda ella es esfuerzo e ineptitud, pero es probable que ahora que se deshizo de su extensión de larva y que puede abanicar los aires se sienta más ágil que nunca. Se bambolea cuando avanza pata por pata por el barro desigual que para un bicho pequeño debe de ser como trepar la cordillera. Lucha por mantener el equilibrio entre cada grumo que la embiste. Asciende con lentitud sobre un mojón de mierda de perro. Como sin quererlo, sus uñas rasgan los huevos de mosca que allí maduran.

Se une al trajinar de patas delgadas de los escarabajos más veteranos que se aparean, comen, aterrizan y despegan. Debe de percibir los aromas que todos lanzan a la neblina para avisarse que están allí rasguñando la tierra, listos para montarse y frotarse y germinar huevos, si es que la lluvia los deja. En su camino por entre los helechos recién plantados, la cucarrona pasa al pie de una araña que lleva docenas de bebés encaramados a cuestas. Es probable que no le interese la ligereza que esta ostenta. La acorazada sortea tallos, hongos y grillos dormidos, hasta que se aferra con las mandíbulas a la hoja caída de una hortensia. Engulle su primer bocado de escarabajo. Quizás los jugos amargos y el moho peludo que marchita la hoja la invadan de un júbilo de bicho que nunca adivinaremos. Aunque tal vez debería inmutarse, no parece notar el canto del bienparado, que con la llegada de la oscuridad ha dejado de imitar la quietud del tronco y ha abierto por fin los ojazos amarillos de ave rapaz para rastrear los insectos de la huerta y tragar cualquier tórax crocante que se le aparezca. Quién sabe si la cucarrona oiga el bochinche de las ranas que sincopan todo lo que bulle esa noche desde uno de los nacederos de agua. Maquina con su filudo arsenal delantero para recortar y succionar más bocados de la hoja joven de otra hortensia. Es probable que necesite saciarse después del largo entierro. Es tan lenta que quien la viera desde lo alto pensaría que solo duerme.

Cuando vuelve a hacerse camino se resbala por un charco al pie del surco de los cartuchos formado por el diluvio que cayó en la tarde. Por un momento queda flotando en el barrial. ¿Qué angustia la anegará debajo de la coraza mientras patalea entre el agua negra? Logra aferrarse a una paja y la trepa hasta llegar al borde. Reposa allí un rato como esperando a que le escurran las gotas por las sedas diminutas que le abrigan el suelo del vientre. Una parada que para ella debe de ser toda una era.

Alejándose del jardín, zarpa en vuelo entusiasta hacia la luz potente del farol que cuelga en el patio de la casa, alrededor del que decenas de polillas bailan, confundidas de luna. A pesar del agua del charco sus alas parecen más elásticas y zumban con más fuerza. Se lanza a abrazar el resplandor de la lámpara con tanto furor que se golpea contra el bombillo y cae al suelo. Es la primera vez que padece la catástrofe de quedar suspendida boca arriba, obligada a encarar el cielo sin quererlo. Quién sabe si le moleste el raspón de las antenas contra la baldosa cuando lucha con todo el vigor de sus patas para voltearse. Quizás se percate de que también hay más escarabajos anunciando ese escándalo de patadas desoladas y mudas, como ella. Batalla por una hora contra el caparazón que está ahí para salvarla de los golpes pero que ahora trastoca sus nortes. Con baileto de trocánteres y fémur, con sacudón de tibias y tarsos, sus uñas rasgan las gotas diminutas de nube que empiezan a incrustarse en ese monte. Probablemente detecte los vahos angustiosos que emiten los otros en sus horas de lucha común para volver a ver el suelo mientras a todos se les van agotando las fuerzas, se adormilan de cansancio y se resignan a extrañar para siempre la tierra. Quién sabe si, en ese mundo patas arriba que ahora la agobia, la cucarrona pueda ver el cadáver cercano de otro escarabajo que la dueña de la casa destripó sin querer horas atrás, con la grasa blanca que se le asoma por la cola como concretando en materia el suspiro final. ¿La conmoverá la muerte de los suyos? Tal vez ignore, recién salida como está de los fondos de greda, que los pájaros y ratones suelen visitar ese cementerio de criaturas agotadas para romper los ayunos. Pero ella no parece estar hecha para andar con temores rastreando paranoica a cada potencial depredador, ni siempre lista para escapar. No tiene la fugacidad de la mosca, la ligereza del grillo, ni es rauda como la polilla. Es como si no le importara que el mundo puede ser meros peligros.

El perro se encamina al jardín para olfatear a los animales de la noche que nunca conoció en Bogotá. Quizás busque a los faras, que despiden el almizcle de pasto húmedo y grasa rancia que parece enloquecerlo. Con la cola azota los tallos de las flores que sembró la mujer que hace poco se mudó allí con él. Mete el hocico entre el hueco que cavó en la mañana cuando detectó un olor a ratón, pero allí ya no parece emocionarlo nada. Aspira el vapor que se cuela por el laurel de cera en el que hace unos días terminó subido el último fara que él persiguió, pero no encuentra rastros recientes. De lo lejos le llegan fragancias de carnes y pelos y espinas y pestilencias y hongos que le ensanchan la nariz. Pero todo está oscuro y mojado, y el perro parece concluir después de un rato de cata que no es tiempo de perseguir otros hocicos. Lanza un ladrido sin destino. Su orina salpica a dos escarabajos y un grillo. En su camino hacia la cama (duerme afuera desde que se fue de la ciudad) se topa con los cucarrones que agonizan en el patio. Hace poco dejó de ser cachorro, pero hay momentos en que recupera las ansias locas de juego con cualquier criatura que se mueva. Se acerca a la cucarrona cansada, que ya ha dejado de patalear con vehemencia intentando enderezarse, y la zarandea con la punta de las uñas, conteniendo la fuerza de sus patas para no apachurrarla toda, como animándola a que siga viva. La empuja un poco con la boca y luego con la pata, azuzándola a escapar para luego ir a atraparla, como hace con los ratones que hace poco aprendió a capturar entre la hojarasca de los robles. Como despertando de la resignación ella enreda sus patas en el pelambre del perro y se le aferra a uno de los dedos. Sobresaltado con la súplica de auxilio, él sacude la muñeca y golpea las almohadillas contra el suelo hasta que la lanza a dar tumbos por la baldosa. Tras rebotar ella se endereza. ¿Le habrá descolocado algo el golpe? ¿Sentirá alivio cuando vuelve a encarar el suelo? El perro corre hacia la mujer que lo llama a acostarse y se olvida para siempre de ella.

La cucarrona cruza las losas iluminadas por la puerta de vidrio de la casa. Los escarabajos se aprovechan de que los obreros que terminaron de construir la casa hace unos meses calcularon mal las medidas y dejaron demasiado espacio entre las puertas y el suelo, sin pensar en las épocas de lluvia ni en los insectos. Ella cruza el umbral de la puerta principal y se adentra en la casa, fascinada con el embuste etéreo que la distrae de aparearse y poner huevos. Debe de ser irresistible para ella el fulgor de los bombillos, porque interrumpe la escalada y el descenso de las hebras del primer tapete que se encuentra para salir volando hacia una lámpara. Esta vez zumba sin golpes y se posa en una cortina aledaña.

Quién sabe si note a la polilla blanca que también se aferra a la tela. Una luz más cálida interrumpe al poco tiempo su adicción al primer destello. Alista de nuevo las alas y vuela hacia el candelabro que cuelga en el centro del comedor. Le da varias vueltas, pero es evidente que el brillo no aloja, y ella no encuentra dónde reposar el cuerpo para fundirse con los filamentos. Como un paracaidista extraviado, baja en círculos hacia la mesa. La ropa que la dueña de casa ha dejado allí amortigua su aterrizaje. Los garfios de las patas se le engarzan en las hebras de unas medias. Intenta volar, pero las fibras la sujetan. Se demora un largo rato jalando cada rama de su cuerpo, hasta que logra escapar del enredo.

Vuela como un kamikaze hacia la luz potente de la cocina, como si el destello le suplicara explotar allí su armadura con fuerza. El golpe la tumba sobre el mesón en el que está esparcida la comida, pero esta vez tiene la suerte de caer de pie. En su quietud parece tantear a dónde ir. Quizás la atraiga el olor de las acelgas que están allí cerca y que vienen de la huerta como ella. Por el granito resbaloso avanza con dificultad hacia el vegetal, ignorando a un par de escarabajos que ya murieron patas arriba, hasta que se topa con el tallo fibroso y rojo de la primera hoja. ¿La aliviará reconocer el verdor que se merece? Trepa hasta llegar a la paz rugosa de una hoja que parece invitarla al abrazo. Es probable que esté agotada de tanto revoloteo. Muerde, succiona, engulle, deglute, destroza la fibra con sosiego. Caga. Tal vez la hostigue una urgencia de copular, la voluntad de terruño de los huevos que aloja adentro.

¿Cómo se dará cuenta de que le han sellado el cielo? Quizás perciba otro aire entre la bolsa plástica en la que queda encarcelada con las acelgas. Por alguna ranura de la coraza que le resguarda las grasas se le debe de colar el frío de la nevera. Saciada de hoja, se aferra a uno de los tallos, mientras la archivan en la oscuridad de una máquina tan ajena a la noche nueva del follaje y a la vigilia subterránea de su infancia. Dos veces recorre el tallo de arriba a abajo, aunque tal vez no vea nada. Se resbala, pero logra remontarlo. Siete veces zarpa en vuelo como añorando la luz, pero la membrana plástica la frena. Hasta que parece resignarse y se queda quieta. Caga de nuevo. Espera.

La luz vuelve intempestiva mucho tiempo después cuando alguien abre la nevera y todo empieza a zarandearse. La cucarrona cae al fondo de la bolsa y logra abrazarse a una de las hojas del vegetal para reponerse de un nuevo pataleo. Vuelve a resbalar y a agarrase muchas veces mientras el mundo sigue convulsionando hasta que el movimiento merma. Quizás encuentra algo de sosiego cuando la bolsa cae entre un canasto. A lo mejor la enceguezca el solazo de la tarde, que si estuviera libre evitaría entre una cueva. Todo se le estremece de nuevo cuando el carro en que la metieron sale a andar por la carretera destapada, que en esta época de lluvias tiene más huecos que de costumbre. Aunque tal vez la adormile la luz del día, debe de ser imposible reposar con los sacudones del carro que hacen tambalear la bolsa y las acelgas. Cuando la vía se vuelve asfaltada y el canasto baila menos, quizás confundida, la cucarrona alista las alas. Pero una vez más el plástico le frena cualquier intento de partida.

No hay cifra justa que sirva para comparar los cien kilómetros de carretera sinuosa que lima el carro por la cordillera mientras esquiva huecos, tractomulas y volquetas, con el trayecto breve de barros, musgos, cadáveres y sedimento del que ha sido desterrada ella. La diferencia entre la energía de la máquina que atraviesa resuelta las montañas y el entusiasmo diminuto de las alas coartadas del insecto que solo pide hojas y lodo para alojar sus huevos. Difícil trazar algún vínculo entre las cinco horas que se demora a Bogotá la mujer que maneja el carro y la tajada enorme de vida de la cucarrona a quien le quedan solo dos semanas menos un día. Quizás el destierro se aloje en esos vínculos imponderables, en esas escandalosas imprecisiones.

El último estremecimiento sacude al escarabajo horas después cuando la mujer saca las acelgas de la bolsa que lo encierra y las pone sobre el mesón de la cocina del apartamento a donde llega. Logra aferrarse a una hoja para enderezarse de nuevo y ascender por el follaje hasta que descubre el llamado de una bombilla nueva.

Cuando la cucarrona zumba, la mujer, que está ocupada en desempacar la maleta, se demora un momento en entender que hay algo en ese alboroto ronco, en ese rumor foráneo, que está fuera de lugar. Al comienzo no nota que ese ronroneo carga la huella sónica de un exilio. Le cuesta sorprenderse de que un nuevo escarabajo cruce sus días en ese apartamento diminuto del norte de Bogotá donde nunca ha visto insectos. Durante el mes que pasó acompañando a su tía en el campo se acostumbró a convivir con ellos, aunque con alguna reticencia. Espantó cada noche a los que intentaban aterrizarle en la cabeza mientras leía, se agachó cientos de veces a salvar a los que se extinguían patas arriba en las baldosas del patio en las mañanas, aterrada de ir a pisarlos, y tiró cada mañana a la basura los cadáveres del lavaplatos, sorprendida de que ese fuera un cementerio. Pero ahora le cuesta admitir que el bicho que vuela por su propia cocina venga de esas montañas ensortijadas de las que ella acaba de regresar. No quisiera ser responsable de dejarlo huérfano de tierra. Que la cucarrona no retorne ¿sería su culpa? Se lamenta de no tener un gran jardín cerca donde poder liberar al insecto. Se pregunta también si será cierta la promesa que le hizo su tía de heredarle la finca cuando se muera. Y si la llegara a heredar, ¿qué haría con sus insectos?

La cucarrona aterriza en el suelo después de coquetear un rato con la lámpara del comedor. Quizás la confunda de nuevo esa geografía plana de madera pulida y granito donde no hay rastro de grumos ni terrones, donde nada es esponjoso. La mujer la agarra con el leve asco que ahora le produce el cosquilleo de las patas de cualquier bicho, pero que disfrutaba mucho en la infancia. Quizás al escarabajo le sorprenda esa cueva blanda sin asperezas que es la palma de ella. Y el vidrio resbaloso del florero vacío donde la dejan.

Si fuera niña, se habría llevado a la cucarrona al bolsillo, sin saber bien si buscaba compañía o quería darla. Cuando era pequeña sabía que abril era abril y octubre era octubre por la llegada de los bichos voladores que subían de los fondos y se anunciaban en enorme manada, nublando el aire y manchando los jardines de marrón con su crepitar lascivo y torpe. En el colegio y en el parque de la cuadra, adoraba acariciarlos y trepárselos encima, dejar que le recorrieran las piernas y sortearan los pelos de los brazos, convencida de que agradecían esos caminos. A veces se los embutía en los bolsillos de la falda del uniforme del colegio, contenta de ser bondadosa y darles abrigo. En cuarto de primaria la suspendieron un día por meter docenas entre su pupitre y luego abrir la tapa para dejarlos volar por el salón en medio de una clase, cuando la profesora explicaba los malentendidos que se producían con el mal uso de los puntos y las comas. Con un par de excepciones, los demás estudiantes habían gritado aterrados y de ahí en adelante la llamaron la asquerosa y la niña bicho. Adoró secretamente esos apodos. Le fascinaba la compañía temporal de los peregrinos que un día llegaban entusiastas a transfigurar los jardines y potreros baldíos de la ciudad con su manía breve de arrastrarse por los bordes, para desaparecer al poco tiempo sin ritual de despedida, sin que nadie tuviera que entristecerse con su partida.

Pero luego creció y dejó de rodar por los pastos porque tenía tareas y llamadas telefónicas, y después clases en la universidad y buses lentos entre el tráfico para cruzar la ciudad y tardes aburridoras en cafés soportando la verborrea de algunos hombres que siempre insistían en enseñarle cosas que no le interesaban o que ya sabía. Y los cucarrones se habían desvanecido de sus días sin que ella lo notara. No había tenido que hacer duelo por ellos (¿no era esa, ahora pensaba, la mejor despedida?). Y cuando se fue a estudiar a Madrid, esa meseta seca de insectos parcos y para ella desconocidos, se olvidó de los bichos del altiplano para ponderar bares, maquetas, planos, nalgas y pieles humanas. Hasta ese fin de año en que su tía la invitó a conocer su nueva casa en el campo y volvió a tenerlos cerca y se percató, sorprendida, de que la devoción que antes les tenía ya no existía, de que no le quedaba entusiasmo por las cosquillas de sus patas picudas ni ternura por sus revoloteos torpes. Solo un respeto distante, una súplica silenciosa para que no le zumbaran cerca. ¿Qué había cambiado en ella? ¿Cómo es qué había dejado de evocarlos? ¿Era justo haberlos abandonado?

Le escribe por el teléfono a su prima, antigua recolectora de lagartijas y grillos, y a veces también de cucarrones como ella. Salvadora, en su infancia, de mariposas

entumidas y de abejas medio ahogadas entre los charcos.
Aficionada a las raíces de los rábanos, las zanahorias y
los pastos. Desde los doce años no habla sobre bichos
con ella.

Hola, por fin volví. Cómo vas tú? Espero que mejor.
Oye, una pregunta: tú sabes qué habrá pasado con los
cucarrones de Bogotá?
Será que siguen llegando en las épocas de invierno pero
nosotras ya no los vemos?
O será que todos se murieron? O es que ya no pasan por
Bogotá?

A pesar de ser sábado, día en el que suelen hablar, su
prima no le contesta. En el alféizar no hay universo para
el escarabajo. Pero la mujer no sería capaz de echarlo en
la bolsa de basura. Al abrir la ventana, se pregunta por
un momento si no sería mejor impulsar levemente al
animal desde el borde para animarlo a volar y que se
fuera a un lugar más feliz, para apurarlo a encontrar algún jardín en el suelo, a ver si deja de ser forastero. Pero
teme que la caída de diez pisos sin aviso lo sobresalte y
no alcance a alistar las alas antes de explotar contra el
pavimento. Entonces lo deja sobre el cemento que anuncia el abismo y ve cómo se queda impávido por un momento. Por fin logra entender que el hermetismo del
animal, con su corteza que lo torna imperturbable y
hierático, y su falta de interés en ella le producen un

horror que ya había intuido pero que no había sabido nombrar. ¿Cómo no está implorando auxilio? ¿Por qué sigue impasible y aparentemente sosegado? ¿Por qué no está siempre listo para salir desbocado huyendo del cautiverio impuesto por ella? La mortifica que no revele ninguna angustia de ser carnada, que no parezca importarle la voluntad que tienen todos alrededor suyo de deportarlo. Que parezca ignorar toda fisura, la picazón de las angustias, las tristezas de la partida. ¿O es que las siente y ella no puede verlo? Cuando era niña aceptaba mejor los misterios del bicho, sin implorarle respuestas. No sabía qué deseos lo habitaban, pero le bastaba con entender que tenía una voluntad secreta, desapegada de lo humano, aunque lo atrapara para obligarlo a estar cerca. Ahora le brota un espanto. Le gustaría mirar al bicho a los ojos (pero olvidó dónde quedan). Persuadirlo de que aún hay tiempo para probarle al mundo la conmoción que tiene que estar sufriendo.

Sostenida en un tiempo que su caparazón cultiva con hermetismo (y que nunca podremos medir), tan ajeno al de la mujer que termina sus vacaciones, la cucarrona camina. Va oronda, quizás ignorando que a su lado se tiende el precipicio más grande de su breve vida.

Cuando cierra la ventana la mujer se debate entre sentirse implacable y poderosa, poseedora de una piedad férrea que ayuda al indefenso, o retorcerse con una culpa que no sabe muy bien de qué está hecha. ¿Tendría que haberle buscado casa en otra parte? ¿Invitarlo a la tierra de su orquídea muerta? Concluye que quizás sea mejor no enredarse tanto en eso y menos cuando no se sabe lo que quiere el desterrado. Aceptar que siempre habrá criaturas pululando cerca, algunas en agonía, expulsadas de sus días. Apaga la luz de la cocina y baja las cortinas, rogándole al bicho que se libre de los destellos y que encuentre allá abajo algún jardín con tierra que le dé la bienvenida.

Quién sabe si la criatura, que está hecha para rastrear la tierra con antenas y resinas, morder tallos y cosquillear raíces, tiene alguna brújula que la oriente para bregar con abismos monumentales y sortear la soledad egoísta del cemento y el muro. Como lo hace siempre, caiga donde caiga cuando cae derecha, rasguña el suelo con las patas para seguir andando. Buscando aferrarse a algo se asoma con las antenas al hueco que se la chupa entera. Después de algunas volteretas en el aire logra disparar las alas y frenar la velocidad del descenso. Aterriza con torpeza encima del techo de un carro. Un pedazo de ala diáfana se le queda afuera, como anunciando el ajetreo que carga encima. Recorre con parsimonia la lata lisa. Cuando está a punto de resbalarse por el vidrio delantero del auto vuelve al vuelo, hacia la lámpara del pequeño jardín que ilumina un tobogán oxidado. Revolotea alrededor de la luz como si mereciera comérsela, hasta que decide adentrarse en el surco de tierra donde unos arbustos sobreviven al descuido. Se posa al pie de un agapanto seco. A lo mejor busque la cópula quimérica. ¿Cómo se pregunta a dónde han ido todos? Quién sabe cómo le sorprenda el olor del aire sucio que seguro detectan sus antenas abiertas en abanico. Al rato vuelve a frecuentar la lámpara, como si tuviera que probarle su lealtad a la luz, en un vaivén que va del suelo al bombillo, hasta que aterriza en el pasto patas arriba. Tras mucho esfuerzo logra ponerse en pie y encaminarse al jardín aledaño, que está detrás de una reja. Ni idea de cómo son los contornos de su voluntad. Quién sabe si para ella el cruce sea demorado. Hasta que llega a los pastos crecidos de la casa vecina que está a punto de ser demolida. Se aferra a los tallos para no voltearse y se adentra en el jardín donde encuentra un diente de león con varias hojas podridas. Rasga y mastica. Parece ignorar un pelo humano que se le ha enredado en una antena en el camino.

Cuando amanece, tras cerciorarse de que el escarabajo ya no está en el alféizar pidiendo posada, la mujer vuelve a buscar en el teléfono la respuesta de su prima.

¡Bienvenida de vuelta, prima! ¿Puedes creer q ayer tuve q ir a trabajar y me tocó quedarme en la oficina hasta las 11? Estoy con el proyecto de la urbanización de casas de campo q me tiene clavada.
Te juro q no puedo más.
Hoy voy a pasar todo el día entre la cama =) pero te busco más tarde y cuadramos algo para vernos y así me cuentas cómo te fue donde la tía

Ni idea sobre los cucarrones

Besos!

En su camino a pie al mercado, la mujer querrá preguntarles a los venezolanos que a veces se sientan en la banca del separador a descansar de suplicar limosna si han visto a un cucarrón revolotear entre los agapantos. Pero concluirá que la tildarían de idiota o de inconsciente y que tendrían razón si así lo hicieran.

Cuando la luz blanca que inunda Bogotá en los días nublados comienza a encandelillar a cualquiera, la cucarrona ya se ha abierto un refugio en la tierra. Quizás la aliviane el descanso. Cuando una mirla deseosa que ha bajado desde un sietecueros esté a punto de transformarla en un manjar crujiente, la mujer ya habrá dejado de pensar en ella y en todos los cucarrones del mundo. Habrá organizado las compras, habrá revisado sus correos en el computador y pagado la factura de la luz que estaban a punto de cortarle por demora en el pago. Estará buscando recetas para una buena sopa de acelgas.

Es la primera vez que la mirla joven, que nació hace unos meses en el caucho de un separador cercano, prueba un escarabajo así de grande y grasoso. Quizás sea también la última. Seguro que de alguna forma esa captura la alegra. Sus antepasados se tragaban a los cucarrones entusiastas cuando emergían dos veces al año desde las profundidades a anunciar que ellos también eran dueños de esa tierra. Pero probablemente ella de eso no se acuerda.

Quién sabe cómo es ser atrapada por el pico de un pájaro voraz. Si es que en ese momento a la cucarrona se le agriete su armadura y se le quiebren las patas, o si llegue entera, pataleando como sabe, hasta el buche de la mirla. Tal vez la entumezca la baba que se le ha de pegar cuando ruede por el túnel que la deporta hasta allá. Hasta que la lava ácida del estómago del pájaro deshaga sus resinas valientes, derrita su fuerza errante y la transforme en secreción viscosa. Seguro que la cucarrona —música alada, crepitar de bosque, testigo de la vida de los barros— le heredará alguna vitalidad al canto agudo del pájaro de esa ciudad tan ajena.

IV
Motivo de entrega

La puercoespín alza la cabeza cuando abren la tapa de la caja en que la metieron para el viaje y entra la luz, tras horas de soportar la oscuridad y los sacudones del bus que la golpearon contra el cartón sin tregua. Puede que el aire de la sala cerrada la alivie después de tanto encierro, aunque sea aséptico y tan ajeno al liquen del tronco, al polen y al mineral oxidado de la que hasta hace poco fue su casa.

Acaricia con sus bigotes la mano de la mujer que la ha criado desde que dejó de ser feto. Tal vez eso la haga sentirse menos ajena. Quizás reconozca el olor a jabón y leña de la piel de la otra cuando le roza los dedos con su hocico, que baila como urgido de palpar el edificio al que la han traído. Mueve la cola, sin encontrar dónde enrollarla. Quién sabe si supo que algo comenzaba a perderse esa mañana sin nubes cuando bajó del sangregado del lavadero, al que hace poco había aprendido a treparse, para tomarse la leche en el tronco de siempre y terminó metida entre la caja oscura. Puede ser que la melodía de las palabras de la mujer, que le imploraba tranquilidad desde el otro lado del cartón en el camino hasta Bogotá, le haya ayudado a soportar ese trajín a trancazos que nosotras llamaríamos tiempo (pero que debe de ser otra cosa para ella).

Tal vez cuando se asoma a la luz intensa de esa sala donde todo es blanco y huele a sustancias ajenas, cuando ya no escucha los rumores de criaturas ni la voz colectiva de los árboles que se baten en el viento, ni perciba la bruma que va y viene, añore el mundo húmedo de cortezas y tierra esponjosa que era lo único que hasta ahora conocía. ¿Cómo se instala y por dónde su extrañeza?

—Sí señora, yo sé que ese viaje fue muy largo, pero vea que por fin llegamos y tiene que estar tranquila porque aquí me la van a cuidar y alimentar y después la van a soltar otra vez, ¿oyó? Y entonces la van a llevar a unas montañas bien hermosas donde no la moleste ningún perro ni nadie. Ni siquiera yo.

La mujer ríe un poco, mientras le pasa el dedo sobre el hocico, como siempre hace, hasta rozarle los pequeños dientes que se le desbordan.

—Pero tiene que tener harta paciencia, ¿oyó?

La recepcionista del centro las observa con seriedad mientras se pone unos guantes.

Como siempre que la tiene cerca, la puercoespín lame los dedos de la mujer que la arrancó del vientre roto de su madre y que ha sabido ayudarla a crecer. Quizás tenga ganas de tomar la leche que ella suele darle en ese momento de la tarde en el huerto de la casa. Como rogando subirse al brazo de ella, intenta treparse por una de las paredes de la caja, pero solo consigue rasguñar el cartón con sus uñas filudas, afanadas por crecer antes que el resto de su cuerpo. Quién sabe si advierta algo similar al sobresalto que tuvo que haber sentido cuando el corazón de su madre, que retumbaba como nunca al intentar escapar a brincos y sacudones, dejó de tronar y todo se hizo quietud y se abrió una raja en la envoltura caliente donde ella era acogida y la luz le cegó los ojos y alguien la desprendió para siempre del cuerpo que la amparaba. Un parto de emergencia que ella no había pedido.

La puercoespín se empina de nuevo cuando la asistenta del Centro que ahora sostiene la caja con sus manos de látex la lleva hasta el cuarto aledaño, que está aún más iluminado que la sala de espera. Menea la nariz acolchonada, como sorteando olores que no habitan ningún bosque —cloro, limpiadores, alcohol, un perfume floral—, y revela aún más los dientes todavía poco acostumbrados a roer. Es probable que se extrañe con el olor de esas nuevas manos que se niegan a acariciarla, pues solo conoce las de la mujer y las de la hija, que siempre la alimentan y la cuidan.

—¡Adiós, mamita! Se porta juiciosa y tiene harta paciencia, ¿oyó?

A lo mejor sí reconozca la voz que le grita a lo lejos, pero ya no puede verla. Resbala por una de las paredes de cartón y da un tumbo cuando la asistenta ladea la caja contra el umbral de una jaula. Se endereza de nuevo. Titubeando, se adentra en la que será su morada por algún tiempo. Una casa mucho más pequeña que el jardín por donde siempre anduvo, que se fundía con el potrero y los árboles y que no tenía rejas. Se mueve letárgica, como si las luces de neón, demasiado brillantes para un ser nocturno como ella, le enfriaran los huesos, deshaciéndole las pocas certezas que en esas semanas ha atesorado al pie del bosque en fermento.

La mujer habría querido quedarse más tiempo explicándole a la pequeña puercoespín que esta no es una traición. Que no la está abandonando después de cuidarla tanto y alimentarla con la leche de su hija, que recién le ha parido un nieto. Sabe que no entendería esa ni ninguna otra explicación, pero tiene la certeza de que ambas se van a echar de menos. Piensa que no ha debido escuchar los consejos del veterinario del pueblo. Percibe una injusticia, algo retorcido y cruel en los días, que podrían ser meses, que la puercoespín tendrá que pasar encerrada en ese centro antes de que le asignen un nuevo lugar para vivir.

—Seguro que la pobre tiene sed. ¿Sí me le dejó agüita en la jaula? Allá en la casa tomaba hartísima. También le traje el teterito que siempre le damos, con leche y todo, con la leche de mi hija. Si quiere se lo dejo. Seguro que está retehambreada después de lo que nos demoramos en los buses llegando hasta acá. Quédeselo, no vaya y sea que le haga falta su lechita.

La asistenta del Centro, que recién regresa al escritorio, la mira contrariada.

—No se preocupe, señora, que aquí le vamos a dar un cuidado óptimo y tendrá la alimentación adecuada.

La asistenta agrega que el veterinario revisará al animal y determinará su dieta, que seguro no será leche humana. Explica que le organizarán un espacio idóneo para que se adapte mientras se determinan las opciones de rehabilitación y liberación.

—Pero ¿usted sí cree que me la liberan rápido? No me la van a dejar aquí para siempre enjaulada, porque si no me arrepiento y me la regreso conmigo hoy mismito, así me haya salido tan caro el transporte.

La asistenta le explica que si el animal se adapta bien y no tiene ningún problema clínico o enfermedad que afecte su comportamiento, después de un tiempo de comprobar que ha aprendido a obtener comida por su cuenta, podrán soltarla en el medio silvestre. Así dice, en el medio silvestre, y a la mujer esas palabras le suenan tan lejanas, como sacadas de la corteza interior de otro mundo.

—Yo recuerdo cuando hace unos años vinieron de aquí mismo, de la Secretaría de Ambiente, esta es la misma oficina, ¿no? Vinieron a la vereda donde vivo unos doctores acompañados de una gente militar a liberar un águila de las pechinegras, ¿sí sabe cuáles son esas? Hermosos son esos animales. Y tienen tanta dignidad. Nos dijeron que la confiscaron en Bogotá, disque en una tienda de mascotas, ¿puede creer el pecado? Que no sabían de qué parte del país se la habían robado, pero pues son de las que viven en los cerros más altos, así como de las montañas de donde vengo yo. Imagínese esa crueldad. Cuando la trajeron y la soltaron en el potrero de un vecino la criatura salió volando hacia los cerros, pero eso estaba feliz de la vida.

—Es muy bonito que usted aprecie así a los animales.

—Usted viera cómo se fue esa águila hacia los farallones del cerro. Volaba rápido tan contenta de estar libre por fin de todo ese encierro, imagínese. Fue tan hermoso verla así en lo alto que eso yo nunca lo voy a olvidar.

La asistenta está absorta en el computador y le pide unos minutos para abrir los formularios y proceder con el trámite obligatorio de entrega.

—Le cuento que era como si el cerro llamara al águila. A ese monte lo llamamos Fucha y es donde cuentan que saltaron los indios cuando los estaban persiguiendo los españoles, porque preferían morirse antes que ser sometidos. Una montaña con mucho poder, mejor dicho, mágica, como dicen. La gente cuenta que allá cuando uno sube se ven cosas. Sobre todo los antiguos. Mi abuelita decía. Yo sé que es cierto, pero a mí no me ha tocado ver nada. Yo creo que el águila todavía vive. Dios quiera que sí, que siga viviendo contenta sin que la joda nadie más. Hace un tiempo yo sí la vi volando muy alto, cerca del monte que colinda con mi casa. Seguro que iba a cazar porque allá hay tanto animalito pequeño, de todo hay allá. Pero no la he vuelto a ver. Desde que mi hija quedó embarazada, que la vi por última vez, o sea ya va siendo un año, ni más. Se habrá ido para otro lado de pronto, sin saber uno.

La asistenta revisa una carpeta de papeles.

—Por eso es que yo les creo que aquí me van a cuidar a mi bebita puercoespín para que luego sea libre otra vez, ¿cierto? Usted me da su palabra, ¿verdad?

—Claro que sí. Cuente con eso. Ya un momentico le tomo los datos y terminamos la diligencia, así se puede ir.

—Yo por eso no quise dejarla con el policía ambiental del pueblo sino traerla acá. Cuando el veterinario me dijo que podían ponerme una multa por tener a un animal salvaje en mi casa, que eso está prohibido por la ley, pues me dio miedo, imagínese. Yo no quiero que nadie piense que yo me la robé, no señora, si lo que yo hice fue salvarla cuando la mamita se le murió, que en paz descanse, y el veterinario dizque diciéndome que criarla era meterse en problemas con la ley.

—Ya apenas el doctor me indique unos detalles comienzo a tomarle el reporte y registramos todo eso.

La mujer se empina un poco, para examinar las ventanas de la sala contigua, a donde se llevaron a la puercoespín, pero no la ve.

La puercoespín toma agua y arrastra el hocico por el suelo de heno de la jaula como tratando de detectar dónde está la esponja de hojas y pasto que acostumbra a cruzar todos los días. Es difícil saber si después de tanto ajetreo la quietud la alivia o si el ronroneo eléctrico de las máquinas y las vibraciones de las luces la desubican aún más. Camina en círculos dentro de la jaula, quizás en busca de comida. Enrolla la cola, inquieta por los barrotes. De vez en cuando inclina la cabeza hacia el cielo, como si estuviera buscando el árbol maduro que se merece. Desde el hocico parece inspeccionar la sala, donde nada es rugoso y todo anuncia simetría. Quién sabe si alcance a ver al mico ardilla en la otra esquina del cuarto que no para de buscar cómo colgarse mejor de los barrotes o al zorro de patas negras que se muerde una uña de la pata delantera en la esquina de su jaula y que de vez en cuando la observa (quizás deseando comérsela). ¿Se preguntarán dónde quedó su monte como tal vez haga ella? ¿Compartirán todos el almizcle que emana de estar en el rincón equivocado?

La mujer se sienta en la sala de espera mientras el veterinario revisa al animal para llenar el formulario obligatorio de entrega. Todo le parece tan organizado y nuevo, tan limpio, mucho más que cualquier oficina en la que haya estado antes en el pueblo o en Bogotá. Examina las puertas de vidrio marcadas ARRIBO – ZONA 1, por donde se llevaron a la puercoespín, y ARRIBO – ZONA 2, donde hay varias jaulas colgadas del techo. En una alcanza a ver cuatro periquitos y en otra una guacamaya. Al pie de la asistenta un afiche de unos loros entre el hueco de una palmera reza: SI VES ALGÚN ANIMAL SILVESTRE ¡ERES UN AFORTUNADO! DEBEMOS CONVIVIR CON ELLOS Y RESPETAR SU PRESENCIA. #LIBRESYENCASA. Otro de un mico trepado en una rama que dice: Y TÚ ¿ERES CÓMPLICE DEL TRÁFICO ILEGAL? EN COLOMBIA ESTÁ

PROHIBIDO CAPTURAR, COMERCIALIZAR Y EXTRAER FAUNA SILVESTRE. #LibresYEnCasa. En otra pared, un tablero con una lista de animales escrita en marcador y a la que ella imagina que añadirán a su compañera.

INGRESOS EJEMPLARES (NOVIEMBRE)

Tortuga morrocoy 3

Tortuga hicotea 28

Guacamayo azulamarillo 2

Cotorra carisucia 4

Mico ardilla 9

Mico maizero 3

Periquito aliazul 2

Periquito bronceado 7

Tarántula diversas esp. 194

Espiguero bigotudo 1

Escorpión 17

Rana venenosa (dorada) 216

Iguana verde 2

Zorro de patas negras 1

Una pantalla de televisión silenciada muestra a unos hombres de traje y corbata que se saludan en el escenario de un teatro. El público los aplaude. Luego la imagen de un helicóptero del ejército disparando en la selva, y gente de camuflado militar en fila entregando armas. Debajo un letrero anuncia: SEGUNDO ANIVERSARIO DEL ACUERDO DE PAZ ENTRE EL GOBIERNO Y GUERRILLA DE

LAS FARC. Aparecen varios hombres con corbata dando entrevistas y ella reconoce que uno de ellos es el presidente. Luego varios campesinos arando una tierra. Después la presentadora y la imagen de un hombre gordo que sale esposado con un letrero que dice CABECILLA DE ÁGUILAS NEGRAS EXTRADITADO A ESTADOS UNIDOS. La mujer piensa en uno de sus sobrinos, que lleva cinco años de soldado profesional en el batallón contraguerrilla del Catatumbo y se pregunta hasta cuándo va a seguir guerreando.

La puercoespín intenta pararse en dos patas cuando un hombre de blanco se le acerca a la jaula, como buscando acariciarlo. Quizás esté ilusionada con que ahora sí le darán comida, pues nadie le dio su leche del mediodía. Tal vez solo desee salir de allí. Pero los barrotes son delgados y demasiado lisos para sus dedos acostumbrados a los troncos ásperos y resbala. Empuja la nariz entre las ranuras para oler al hombre que llega a estudiarla. Los bigotes, más largos que la cabeza, se trenzan por el metal para tocar los guantes de cuero que la quieren examinar. Se trepa por el brazo del veterinario cuando él le abre la puerta de la jaula, como si estuviera agradecida de ceñirse a algo vivo, como si hubiera aceptado, desde que la separaron de su madre, que cualquier mano humana pudiera redimirla. Quizás le suene extraña la voz tan grave del hombre que le habla, acostumbrada como ha estado a vivir entre mujeres. Restriega la nariz por la bata blanca que despide aroma a desinfectante que seguro nunca ha olido. Cuando la mano del hombre peina hacia atrás los pelos marrones que le cubren la cara por donde comienzan a salirle las espinas amarillas, abre la boca como si quisiera amedrentarlo con los dientes. ¿Le dolerán los bigotes cuando se los estiran? Enrolla la cola con más fuerza contra el brazo del hombre mientras aguanta que le revisen los ojos y el hocico con una linterna. A lo mejor le parece inhóspita la mesa en que él la pone después, por lo lisa y lo fría. De pronto las garras le destemplan cuando las rasca contra el metal. Cuando él la tumba para inspeccionarle el vientre y estudiarle las carnes, ella intenta darse la vuelta. Quizás la fuerza con la que el hombre la sostiene la sorprenda, pues nadie nunca la ha auscultado así, iluminándole las cuevas más profundas que resguarda su abrigo tupido. Patalea mientras él le palpa las tetillas, le dobla las articulaciones de las patas, le separa los dedos y le revisa el ano. Ella intenta enredarle la mano con la cola, como luchando contra la sumisión. Parece querer resistir que le traten de abrir la boca, pero no puede evitar que los dedos de él se entrometan en su mandíbula, decididos a explorarle los adentros.

La mujer nota que la asistenta se ha ido a hablar con el veterinario en la Zona de Arribo A. Le da lástima que no la hayan dejado despedirse de la puercoespín como debía, que se la llevaran repentinamente sin reconocer que entre ellas había una cercanía. La atormenta que la pequeña vaya a extrañar los olores de su cocina y el patio lleno de moras, las lamas de los árboles, la leche calientita, su voz y la de su hija, y la llovizna. Vuelve a preguntarse si fue una buena decisión traerla. De nuevo siente la amargura que la atacó el día en que su perra mató a la madre, y piensa que todo sería distinto si ella siguiera viva. Las dos puercoespines estarían merodeando por el monte, trepadas en los árboles, masticando frutos de arrayán y de higuerón, esquivando lechuzas en las noches. La pequeña no tendría que estar desterrada y a merced de tanta gente. ¿Le darán su lechecita diaria? ¿Sufrirá mucho cuando la desteten? ¿Habrá alguien que le hable con cariño como ella?

La mujer recibe un papel que la asistenta le da cuando retorna a la recepción, escrito a puño y letra.

Coendou vestitus: Puercoespín enano peludo marrón

La asistenta le explica que esos son el nombre científico y el nombre común de la especie y que el veterinario manda decir que el hábitat de este puercoespín es el bosque altoandino, o sea donde la mujer vive. Que es una especie en estado vulnerable.

—Así que la felicitamos por traérnoslo porque de estos animalitos quedan pocos y tenemos que protegerlos para que no se acaben.

La asistenta añade que el veterinario dice que en el centro ya han rehabilitado dos en el pasado y que los liberaron sin problemas.

—Pues allá donde yo vivo hay hartísimos puercoespines, dígale.

—Yo solo le menciono esto para que sepa que tenemos experiencia con ellos y para que no se preocupe, porque el animal quedará en las mejores manos.

La mujer piensa en lo foráneo que es el primer nombre que le muestran. Coendou vestitus. Supone que está en inglés. Imagina un vestido lleno de púas que alguien se pondría en una fiesta llena de gringos.

—Dígales al doctor y a todos los que me la vayan a cuidar que tengan mucho cuidado con las espinas. No sé si alcanzó a verlas, son amarillitas con negro y entre ella más crezca más largas le van a crecer. ¿Sí se las vio, cómo le están saliendo ya?

—No, señora. Pero no se preocupe, que seguro el doc ya tomó nota.

—Las espinas de los puercoespines están vivas y cuando a uno se le clavan a ellas lo que les gusta es adentrársele a uno en el cuerpo a toda carrera, más rápido de lo que usted cree, y luego ya no se pueden sacar. Los antiguos decían que si una púa de esas se le queda metida a uno por más tiempo de la cuenta, el puercoespín que lo picó le empieza a dominar la vida. Si el animal sufre una calamidad o le da una dolencia, la persona también va a sentirla. Si él se muere, la persona se va a enfermar y se va a morir también. Les informa eso a los doctores, si me hace el gran favor.

—Listo, no se preocupe, que yo les comento.

—Vea, nosotras estamos muy encariñadas con ella y yo no estaba segura de que traerla fuera bueno para ella, pero al final lo que me hizo decidirme después de todo fue ver que ya está echando espinas y mi nieto ya en nada comienza a gatear por ahí y no vaya y sea que sin querer se pongan a jugar y ella lo lastime.

La asistenta le indica a la mujer que ya está lista para hacerle las preguntas del formulario de entrega.

ALCALDÍA MAYOR DE BOGOTÁ D.C.
DIRECCIÓN DE CONTROL AMBIENTAL
SUBDIRECCIÓN DE SILVICULTURA FLORA Y FAUNA SILVESTRE
GRUPO FAUNA SILVESTRE
ACTA DE ENTREGA VOLUNTARIA DE ESPECÍMENES No.: 947
DATOS GENERALES DE LA ENTREGA

Fecha de entrega:	Dirección de entrega:
Noviembre 24, 2018	Centro de Atención y Valoración de Flora y Fauna Silvestre de Bogotá
Nombre de quien entrega:	**Doc. Identidad:**
Teresa Tibaquirá Ruiz	cc 45.376.908
Dirección:	**Teléfono:**
Vereda El silencio, municipio de Miscua, Boyacá (domicilio no tiene dirección exacta)	311-297-1135

Recibido por:
Aura Janeth Ramos Aguilar, Auxiliar Administrativa, Área de registro, CAVFFS Bogotá

Motivo de Entrega:
La mujer que entrega al ejemplar indica que hace aproximadamente un mes y medio su perra casó y mató a un puercoespín al pie de su casa y que ella vio que algo se movía en el vientre del cadáver y pensó que venía cargada con cría, le practicó una sesárea con un cuchillo y sacó al ejemplar que entrega hoy identificado como coendou vestitus Puercoespín enano peludo marrón. Indica que el animal paresía listo ya para nacer y que cuando lo sacó reaccionó bien y aceptó la leche de su hija que es madre de un bebé de 4 meses, le han dado leche materna por todo ese tiempo la madre del bebé se la saca y se la dan con una cuchara y también recientemente con un tetero pequeñito que le consiguieron y el animal se la toma sin problemas, que siempre a tenido mucho apetito desde que nació y a crecido casi el doble de tamaño y que ahora ya se sube a los árboles y busca frutos pero que toma de esa leche todavía, que es muy mansa y que está muy amañada con ellas y entra y sale de la casa cuando quiere pero ahora prefiere los árboles y que la perra suya la respeta aunque haya matado a la mamá. El motivo de la entrega es que un veterinario le dio los datos del CAVFFS le dijo que es ilegal tener animales silvestres en cautiverio y además ella no sabe si va a poder cuidarlo más adelante porque está buscando trabajo y no quisiera dejarlo en el monte sin que sepa sobrevivir por su cuenta, solicita que regresen a este ejemplar a la zona donde vive donde dice que hay muchos animales similares.

DESCRIPCIÓN DE LOS ESPECÍMENES ENTREGADOS

Nombre científico	Estado	Cantidad	Sexo
Coendou vestitus	Pendiente valoración zootécnica	1	Femenino

ANAMNÉSICOS GENERALES DE LOS ESPECÍMENES VIVOS

Lugar de origen:	Forma de adquisición:
Vereda El silencio, municipio de Miscua, Boyacá	Espécimen no fue adquirido, ver motivo de entrega.

Sitio de adquisición:	Tiempo de tenencia:
Encontrado en Vereda El silencio, municipio de Miscua, Boyacá (no hay dirección exacta)	37 días

Presencia de otros animales:
Animales endémicos de bosque altoandino de la Cordillera Oriental, en la finca donde el espécimen nació había gallinas, una oveja, un gato y una perra, la persona que entrega reporta vacunación al día.

Dieta previa:
El espécimen fue alimentado desde que nació con leche humana de mujer lactante, la persona reporta que en las últimas dos semanas y media a aprendido a comer frutos de los árboles pero todavía toma leche humana.

Condiciones de manejo:
No se reporta ningún maltrato, valoración inicial veterinaria confirma buen estado del espécimen.

Enfermedad o tratamientos:
Valoración preliminar veterinaria no reporta enfermedad alguna al momento de la entrega, pendiente valoración integral etc.

OBSERVACIONES
Ingreso a Arribo: 2:48 pm
Ingreso a área de hospitalización: No
Hoja de vida/Historia biológica mamíferos No. 1387
Observaciones adicionales:
Evaluación veterinaria en area de arribo a cargo del Dr Guáqueta Rodríguez Angel David.
La persona que entrega ruega que se le avise cuando el animal haya sido devuelto al medio natural. Se le explicó normativa legal vigente sobre porte y tráfico ilegal de fauna silvestre.

AL ENTREGAR LOS ESPECÍMENES DESCRITOS Y SUSCRIBIR LA PRESENTE ACTA, ME COMPROMETO A NO VOLVER A COMPRAR, NO REGALAR NI TENER MÁS FAUNA SILVESTRE COMO MASCOTA

NOMBRES Y FIRMAS

Aura Janeth Ramos Aguilar, Auxiliar Administrativa, Área de registro, CAVFFS **Nombre y firma del profesional**	Teresa Tibaquirá Ruiz **Nombre y firma de quien entrega los especímenes y se compromete**

La mujer revisa el formulario que la asistenta le pide que firme.

—También puede explicar ahí que yo no quise dejarla con el policía ambiental del pueblo porque esos sinvergüenzas seguro que me la dejaban morir allá entre una caja. Yo sabía que me iba a costar mucho traerla hasta acá, porque no es fácil, pero yo con ellos no iba a dejarla.

—No, usted no se preocupe, que lo que ya está ahí escrito es lo importante.

—¿Sumercé será que me deja despedirme de ella?

—No, señora, qué pena, pero ya cuando el animal ingresa no tenemos permitido sacarlo. Ya en un rato va a pasar a la evaluación zootécnica completa y más adelante, si no requiere ningún tipo de intervención, lo pasan a cuarentena. Allá lo dejan hasta que esté listo para ir a mantenimiento y rehabilitación, que es donde le adaptan un área especial y ahí aprende los comportamientos que necesita antes de la liberación. Usted no se preocupe, que va a estar superbién.

La mujer recuerda cuando su mamá estaba internada en el hospital de Tunja muriéndose de cáncer de estómago y ella tenía que rogar en la recepción para que la dejaran entrar a verla.

—¿Y usted no sería tan amable de decirme cuánto tiempo calcula que van a tenerla acá antes de soltarla?

—El tiempo que sea necesario para que se rehabilite y la puedan liberar, si eso es lo que se decide. Pero si usted me pregunta mi opinión, claro que yo no soy zootecnista, pero sí llevo trabajando aquí tres años y he visto a muchos animalitos rehabilitarse, yo creo que sí la van a liberar porque es un ejemplar muy joven y me imagino que todavía puede aprender lo que se requiere para sobrevivir en la naturaleza. Cuando llegan así de jovencitos casi nunca hay pierde.

—Ojalá no se demoren mucho.

La asistenta le indica con impaciencia que ya anotó sus datos y que es posible que los expertos usen la información para decidir si la liberan allá.

—¿Y ustedes no me podrían llamar cuando decidan soltarla? Es solo para yo saber y quedar tranquila. Así sea que la lleven a otra parte, a mí igual me gustaría saber que regresó a un bosque.

—Pues yo no le puedo garantizar nada, pero como le digo ya añadí su petición a ver si la tienen en cuenta.

—Mire que me encariñé con ella. Hágame el favor, sumercé.

La asistenta evade la mirada de la mujer y escribe algo en el computador.

—Si yo me entero de algo, haré todo lo posible para llamarla y avisarle. Cuente con eso. Ahora por favor fírmeme aquí y así ya puede irse.

La mujer firma y pone su huella digital en las dos copias del formulario impreso. Le parece injusto que le pidan comprometerse a no atrapar ni traficar con animales silvestres, como si ella fuera una secuestradora y anduviera apresando criaturas de monte por negocio.

Le gustaría decirle a la asistenta que ella es la que más protege los bosques de la vereda, que por eso decidió volverse la presidenta de la junta de acción comunal, que hasta ha llegado a enfrentarse con unos vecinos que han querido talarlos aunque esté prohibido, que si no fuera por gente como ella allá ya no habría tigrillo ni ardillas ni puercoespines ni águilas ni todos esos pájaros. Pero intuye que es mejor no contrariar a la otra para que cumpla su promesa. Entonces se queda callada y mete la copia firmada entre su mochila. Percibe algo de la brecha enorme que se erige entre el peso contundente, carnoso y peludo de la puercoespín que tanto cuidó y la hoja inerte que le entregan. Cuando regrese a la casa pondrá el papel entre el cajón en que están todos sus documentos ablandados y manchados con el moho que adora la bruma. Donde también guarda un fajo de billetes, el rosario de su abuela, un anillo bañado en oro que le dejó su mamá, el tiesto indígena y la piedra en forma de hacha que encontró en el monte de niña y la bolsa con fotos familiares. Piensa que allí mismo, envueltas en ese papel que le ha dolido firmar, dejará algunas púas amarillas y negras de la madre puercoespín que ella le arrancó a su perra de la cabeza y que puso a secar sobre el muro del lavadero. Se lamenta de no tener al menos una espina de las que hasta ahora le están saliendo a la hija, para guardarla allí también como recuerdo.

—Me hace el favor y me le dice que la quiero mucho y que sea valiente, si es tan amable. Que tal vez más adelante nos veamos, pero que, si no se puede, que nunca la olvidaremos. Dígale eso.

La puercoespín parece querer aferrarse al brazo del hombre cuando este intenta retornarla a su jaula en la sala de arribo después de hacerle el examen físico y comenzar a llenar su hoja de vida. Intenta treparse más alto, como si en la cabeza de él hubiera un fruto suculento o nacieran de una vez por todas las ramas que la esperan. El hombre la elogia, le abre los brazos con cuidado, desenreda la cola que insiste en aferrársele y la mete adentro. Ella da vueltas por el heno, raspando los bigotes contra los tallos secos. De pronto el olor a tallo le recuerde en algo a los pastos de su casa. Pero en ese mundo no existe la humedad que abriga el barro ni los musgos ni las hojas pacientes que supieron ascender y luego se entregan al suelo. Lo hurga con sus uñas poderosas hasta que rasga los periódicos que hay debajo. Quizás el aroma de la tinta le parezca tan ajeno a los vahos y los fermentos de su hogar inicial. Con los bigotes registra el suelo antiséptico y seco, que de pronto no le cuenta nada. Tal vez esté cansada y hambrienta. ¿Podrá dormir allí, como se merece, durante el día? ¿Le picará la ausencia de la leche humana y de las cortezas? ¿Y la de ella?

V
Cuando aúlla la perra y llora el ave

Has creydo en sueños? Cuando llora la tortola o ahulla el
perro has dicho que es para suceder mal alguna cosa?
                                    FRAY BERNARDO DE LUGO,
                                 Gramática en la lengua general
                           del Nueuo Reyno, llamada Mosca (1619)

Reconocer que el mundo es un espacio de inmersión
significa, por el contrario, que no hay fronteras estables o
reales: el mundo es el espacio que no se deja reducir a un
hogar, a lo mismo, a la casa propia, a lo inmediato.
Estar-en-el-mundo significa ejercer influencias sobre todo
fuera de la casa propia, fuera del propio hábitat, afuera
del propio nicho. Es siempre la totalidad del mundo que
habitamos lo que es y siempre será infestado por los otros.
                      EMANUELLE COCCIA, *La vida de las plantas*

Then practice losing farther, losing faster:
places, and names, and where it was you meant
to travel. None of these will bring disaster.

                                    ELIZABETH BISHOP, "One Art"

Kati y Mona se despiertan más temprano que de costumbre, cuando el hombre que las cuida desde hace meses en la Unidad de Cuidado Animal llega a su celda. Se levantan sin siquiera desperezarse, listas para verterle su cariño a punta de saltos y lengüetazos. Él intuye que será la última vez que estén juntas antes de abrirles la puerta para que galopen por el corredor y salgan a revolcarse en el patio. Le amarra a cada una en el cuello una pañoleta azul. A Mona parece no importarle nada que la tela que reza "Bogotá ama a los animales" le abrace las frondas del cuello y despeluque su manto marrón. Le lame al hombre el antebrazo con su fe de siempre y por primera vez él siente que la está traicionando. Kati está molesta y agacha la cabeza y se encoge como si la pañoleta fuera un casco de hierro que le pesa. Tal vez recuerde el momento en que la esterilizaron, meses atrás, a los pocos días de llegar a la Unidad y tuvo que cargar, azorada, un collar de plástico por varios días.

—A ver, no se me ponga caprichosa, que se ve hermosa.

Él quisiera aligerarle la ofuscación, pero sabe que es terca y rebelde.

En el corredor Kati se frota el abrigo contra las rejas de las otras celdas, batallando la euforia que siempre la zarandea cuando la dejan salir, deseosa de deshacer toda la sumisión con que la visten. Quizás recuerde las madrugadas callejeras en las que se corcoveaba alrededor de la carreta parqueada en el parque, medio en juego medio por rechazo, cuando Luis la forraba entre un suéter para protegerla de las heladas. Quizás por fin le esté brotando de nuevo esa veta indócil que siempre cultivó en la calle y que se le acalló cuando llegó la policía y los buldóceres le demolieron la morada.

Kati y Mona son las últimas en llegar al patio soleado donde los perros salen a airearse esa mañana de sábado. Tal vez las sobresalte el reguetón que por primera vez explota allí desde unos parlantes recién instalados, ahogando los ladridos de algunos mientras juegan. Ambas parecen alegrarse de ver a los demás en francachela, tan contentos de olisquearse los culos, de restregarse contra el cemento y reconocerse en los dobleces de otros lomos. Como de costumbre, Mona sigue a Kati hasta la esquina más alejada del jardín donde está el guayacán. Orina sobre el charco que la otra acaba de expulsar. Luego se devuelve al cemento, que comienza a calentarse con el sol, y se recuesta sobre la cadera, patas traseras al aire, para lamerse la vulva con empeño, hasta que uno de los nuevos cachorros se le lanza encima a rogarle juegos. Como siempre, Kati se adentra hacia la penumbra más lejana del fondo, donde los pastos se trepan a todo con afán, a olisquear el muro del patio. Mete el hocico por un hueco para capturar lo que flota por la calle, que después de tantos meses allí seguro reconoce bien. Tal vez los sábados, cuando hay menos afanes humanos, la vida que se filtra por la pared gastada le huela distinto. Seguro le llega el aroma de las empanadas del carrito que se instala en la esquina. La basura que desparramó un perro callejero hace unos días y que aún nadie ha barrido. El aire un poco menos denso. De pronto esos olores a fritura, polvo y alcantarilla que se cuelan desde afuera le recuerden algo de sus días con Luis cuando recogía sobrados en las tiendas del centro. Pero de pronto no, lo que no quiere decir que en otros momentos no lo piense.

A pesar de la agitación de otros perros, ni Kati ni Mona parecen interesarse en la nueva gente que entra al patio de la Unidad. Decenas de desconocidos que sudan ansias de salvar a un animal sin casa. Quién sabe cómo huela la curiosidad nerviosa (si es que eso tiene aroma) mezclada con detergente y jabones, y si ese vaho asalte la trufa de algún perro.

Una mujer recién llegada estudia a Kati cuando ella retorna del fondo del patio al cemento donde retozan los demás. Examina su trote. Le gusta la insistencia de la perra en hurgar desde los márgenes. Siempre ha sospechado de los que son demasiado zalameros y no quiere llevarse uno sumiso que ande mendigando caricias sin tregua. A lo lejos Kati se tumba en el suelo y corcovea patas arriba, regodeándose sola en algún misterio. A la mujer le encanta que sea tan dueña de sí misma, que casi le contagie las ganas de bailar.

Inicialmente ella quería adoptar un perro policía jubilado. Uno de los labradores o pastores alemanes altivos que tantas veces había visto en el noticiero desplegar el pecho junto a los cargamentos de droga recién incautados u olisquear pastizales donde las raíces y los hongos abrazan explosivos y cuerpos descompuestos. Había oído en el noticiero que la policía los daba en adopción cuando ya cumplían cierta edad o al completar cierto número de misiones. Después de jubilarse del banco y de comprar la cabaña de campo que un primo le vendió en Boyacá decidió que tenía que compartir su nueva tierra con un animal así de valiente. No comprendía con nitidez su afán por sentir de manera más patente la bondad de las cosas, de comprobar que la redención existía en un mundo en el que todo parecía tan enemistado. Estaba preparada para explicarle a quien fuera que su nueva casa quedaba en una zona donde ya no se sentía la guerra. No mencionaría que alguna vez aparecieron grafitis en un pueblo cercano elogiando a los paramilitares, pues eso había sido años antes de que ella la comprara. No diría que en los valles lejanos que se veían desde allí había estado una guerrilla algún tiempo atrás y se habían enfrentado las mafias de esmeralderos.

Cuando llegó al evento de adopción de perros de la policía la semana antes de conocer a Kati en la Unidad, tarde como siempre llegaba a todo, acababan de llevarse a los dos últimos perros disponibles. El oficial que la atendió le dijo que las jornadas de adopción siempre eran muy concurridas, pues la gente apreciaba mucho a los perros por su loable labor. Así dijo, loable labor, y ella asintió, sabiendo a la vez que la palabra escondía algo infame, el suplicio de andar detectando químicos prohibidos y aromas fétidos y dolores de guerra bajo las órdenes de unos policías que atesoraban la oportunidad de ser jefes de algo. El oficial le aconsejó llegar temprano a la siguiente jornada, pues a veces aparecían hasta treinta y cinco personas compitiendo por llevarse a casa a solo un par de héroes caninos. Así dijo, héroes caninos, y ella pensó que nunca había oído esa combinación de palabras, pero que él tenía razón al llamarlos así. El hombre, que hablaba como si los perros fueran sus hijos, explicó que la fiscalía tenía entre noventa y cien perros entrenados y la policía otros cincuenta y que cada año se jubilaban unos diez. Que les hacían una ceremonia y todos salían condecorados con medallas por sus servicios. Entre las hazañas de los que fueron adoptados esa mañana, una perra había detectado doscientos cincuenta cadáveres en casi ocho años de buscar fosas comunes en Antioquia y otros ciento veintitrés cuerpos enterrados en el Meta. Dos perros más se habían hecho famosos por los cargamentos de cocaína que encontraron durante años en los aeropuertos de Bogotá y Medellín. Se rumoraba que hasta los narcos habían ofrecido recompensa por una de ellas, Diva, famosa por su eficacia, así que la cuidaron como si fuera un político importante mientras estuvo activa. Otra era experta en olisquear papel moneda y por años había olfateado dinerales entre paredes y forros de maletas. El último había tenido que jubilarse temprano, pues perdió unas falanges cuando descubrió cuerpos derretidos con químicos en una casa de pique de Buenaventura y se untó las patas con la sustancia corrosiva. A la mujer le dio lástima no poder regalarle a uno de esos perros un bosque tupido donde pudiera oler la tierra de otra manera, donde el barro alojara follajes y criaturitas de floresta, y no polvos adictivos, carne humana quemada con ácidos o trinitroglicerina. Se preguntó si un cadáver de alguien torturado olería igual que unos huesos de ardilla, de ratón o de lagartija.

Cuando llamó a la Unidad de Cuidado Animal después de su esfuerzo fallido con los héroes caninos, le dijeron que en la jornada de adopción que se avecinaba, y que ella había escuchado anunciada en la radio, podía llevarse a un perro desparasitado, esterilizado e identificado con microchip. Escogido personalmente por ella. Fotocopia de la cédula, recibo de servicios públicos, entrevista con uno de los profesionales del centro y donación de mínimo $50.000 pesos si pertenecía al estrato tres o más arriba, que era el caso. En el albergue podría escoger entre perros de todos los tamaños y de todas las procedencias. Callejeros, perdidos, abandonados, devueltos, nacidos allí adentro. La mujer esperó una semana, con la ilusión de encontrar uno grande y robusto que no fuera despelucado ni belfo y que de ninguna manera tuviera cara de chihuahua o cola de pompón. Que fuera como alguno de los que de vez en cuando veía cruzar sagaces la carrera Séptima cerca de su apartamento y que ella admiraba en silencio. Señoriales, íntegros. Soberanos y fuertes.

Un par de noches antes de ir a la jornada de adopción en la Unidad, la mujer vio en el noticiero la historia de un hombre que vivía en la calle en un barrio de Ciudad Bolívar con once perros que había invitado a vivir con él en el lote baldío donde tenía su cambuche. Los cuidaba y adoraba, pero la policía había ido a destrozar su casa de latas y las casitas que él les había construido a los perros con cartones y maderas. En un video tomado por un vecino un policía le gritaba al hombre que se largara y que si lo volvían a ver allí prenderían fuego a todo. Entonces varias vecinas se habían reunido para reconstruirles las casas con mejores materiales y hacer una colecta para ellos. Son de la cuadra, este es su hogar y nosotros no tenemos ningún problema con que vivan acá, decía una de ellas. Un veterinario aseguraba que los animales gozaban de muy buena salud y que era evidente que el señor Rodríguez cuidaba muy bien a sus perritos. Tener perro no es un derecho solo de la gente pudiente, decía. La personería de la zona investigaba cómo ayudarle al hombre a conseguir un lugar donde vivir con sus animales y acceder a los servicios de esterilización. El señor Rodríguez decía No me iré a ninguna parte porque aquí vivimos. Solo quiero cuidar a mis perritos y añadía que él era un reciclador honrado y que los perros eran su familia. La cámara mostraba a varios de los perros, que lo rodeaban y le lamían los cachetes con cariño. La mujer había sentido ganas de llorar. Quiso donar plata inmediatamente para ayudar con la colecta, pero no sabía a dónde enviarla. Buscó en internet, pero no encontró información. Escribió un correo al noticiero pidiendo que la pusieran en contacto con el periodista que había reportado la historia. Las dudas que tenía de adoptar un perro sin hogar se le habían disipado del todo esa noche. Pensó cuando apagó la televisión que esa era una señal. Un llamado. Le gustó escuchar las felicitaciones de la sobrina cuando la llamó a confirmarle que lo haría.

En la mañana de la jornada de adopción de la Unidad de Cuidado Animal, la mujer madrugó a comprar una bolsa de bizcochos caninos (imitación tocineta) antes de conducir a lo que en su juventud se llamaba la perrera municipal. Estaba nerviosa y en un semáforo a medio camino consideró devolverse. En su infancia, cuando Linda, la perra de su casa, se perdió durante una fiesta de cumpleaños porque alguien dejó la puerta abierta, ella lloró por muchas noches y en secreto, pensando en ese lugar temible a donde llevaban a todo perro recogido para electrocutarlo. Pero sabía por su sobrina y por un reportaje que vio en el noticiero que ahora la ciudad había prohibido sacrificar a los animales recogidos y que todos eran puestos en adopción. Su sobrina, que había adoptado dos gatos, le había asegurado que los trataban bien y que encontraría alguno que no estuviera traumatizado.

Mona no alcanza a darse cuenta de que alguien ha secuestrado a su amiga. Está ocupada jugando con el cachorro que llegó unas semanas atrás y se le frota en la pata trasera, como rebelándose de su reciente castración. Parece que le gusta retozar con el pequeño, corcovearle con sus patas grandes como si lo fuera a aplastar sin hacerlo.

Cuando el hombre sacó a las perras esa mañana se juró a sí mismo que si alguien adoptaba a una de las dos él se aseguraría de que pudieran despedirse. Pero hay demasiada gente que atender y él está ocupado mostrándoles a unas familias los cachorros más jóvenes. No alcanza a ver que se han llevado a Kati al kiosco de registro donde una mujer la examina.

Kati muerde la correa con la que la amarran y se resiste al jalón de la asistenta veterinaria, como si notara la avalancha de exaltaciones humanas que inundan el patio pequeño y prefiriera la soledad de su recreo. O a lo mejor recuerda la vez que los hombres de la Unidad la cogieron.

A la mujer le gusta que la perra sea de espíritu altivo porque cree que eso es señal de inteligencia. La alivia no tener que preocuparse de que no sepa caminar con correa, pues en su nueva casa en el campo no tendrá que limitarle el movimiento. Kati trata de esquivarla, pero la mujer se le acerca y le rasca los pelos finos de detrás de las orejas, donde le encanta acariciar a los perros para calmarse cuando está alterada. Hay algo en la lisura de la cabeza de Kati, en la curiosidad altanera con la que mira a lo lejos, que la convence de que es la elegida. La mujer se sorprende cuando la perra se le zafa de la mano para recorrerle con el hocico la pierna hasta la ingle y olerle el culo.

—¿Qué se sabe de esta niña guapa?

—Aquí la llamamos Leidi. Es muy probable que esta señorita tuviera un dueño, aunque no sabemos bien porque fue recogida en situación de calle. Cuando llegó hace seis meses no presentaba señales de trauma físico y estaba muy bien alimentada. Tenía un poco de sarna en el lomo, pero se le trató inmediatamente y ya está bien. Los veterinarios calculan que tiene unos dos años y medio, pero podrían ser más.

—¿Y no me saldrá muy traumatizada?

—Pues recién llegada sí estuvo bien triste, eso sí para qué le digo lo contrario. Pero en nuestra experiencia esto es normal, hasta con los perros que vienen directo de vivir en casas de gente pudiente. Es que tenga en cuenta que a cualquiera nos daría duro que nos abandonaran.

¿Sí o no? Pero al final vea que se ha acostumbrado bien y anda alegre. Todos los demás la respetan y la quieren hartísimo, sobre todo la compañera con la que duerme, que anda también por ahí. Si gusta se la muestro. Las dos son inseparables.

—¿Y con quién viviría antes? ¿Ustedes no me pueden confirmar si era callejera?

La asistenta dice que lo único que pueden garantizar es que ha tenido excelente salud desde que está allí. La mujer piensa que el nombre Leidi es horrible y decide que cuando la adopte le buscará uno nuevo.

1. ¿Motivo de la adopción?
Amor por todos los animales del mundo.

2. ¿Ha adoptado a un perro antes?
Hace algunos años recibí a la perra de una amiga que se fue a vivir a Argentina y no se la pudo llevar. Tenía 5 años y yo la cuidé hasta los 10 cuando falleció, nos fue muy bien juntas. No sé si esta información les sea útil pero tal vez sí.

3. ¿Tiene usted otro(s) perro(s) o ha tenido un perro anteriormente? Por favor detalle cada caso
4 perros en los últimos 25 años (aproximadamente). No sé si esto cuenta pero crecí con perros toda mi vida o sea que la lista sería más larga. Ahora tengo un bóxer de 10 meses que lleva conmigo desde cachorro y se llama Ladrón.

4. ¿Tiene usted en este momento otras mascotas distintas de perros bajo su cuidado?
Hace unos 2 meses me llegó un gato que adopté, pero no sé si cuente como mi mascota porque en realidad mi vecina que ahora es mi empleada lo cuida en su casa así que ya nunca lo veo. Pero sé que está bien y tiene todas las vacunas.

Si su respuesta a las preguntas 3 o 4 es positiva, responda a continuación:
¿Mantiene usted a sus mascotas con el registro de vacunación al día, desparasitados y al cuidado de un veterinario?
Siempre claro que sí. Ahora que vivo en el campo llevo a mi perro al veterinario del pueblo para vacunas y todo lo demás.

5. Lugar donde vivirá el canino:
Finca Nubes, vereda El Silencio, municipio de Miscua, Boyacá (es una vereda rural entonces no hay dirección exacta).

6. ¿Tipo de residencia y espacio exterior que el canino tendrá disponible para movilizarse?
Casa de campo con 10 hectáreas de potreros y bosque, la perra podrá moverse libremente por donde quiera.

7. ¿Dónde estará el canino principalmente? Favor detallar (interior, patio, jardín, espacio exterior de una finca, etc.)
Vivirá afuera de la casa, pero su cama estará en un patio techado que compartirá con mi perro Ladrón. Es probable que la deje entrar a la casa también dependiendo de si se amaña.

8. ¿Cuántas horas pasará el perro afuera cada día?
La mayoría del día. Si llueve hay zonas para escampar en el patio y las camas están techadas.

9. ¿Cuántas horas estará solo el animal?
Siempre estará acompañado de mi otro perro, que les aseguro que se llevará bien con ella porque es muy tranquilo. Además yo ahora vivo allá tiempo completo y estaré con ellos en el día, cuando me ausente siempre va a poder cuidarlos la vecina que ahora es mi empleada y ella es excelente con los animales, entonces la respuesta es nunca.

10. Complete la siguiente frase: Lo más importante para mí es que mi mascota...
me acompañe, tenga una casa y viva contenta.

¡Gracias!
A ustedes miles de gracias y con mucho gusto.

La mujer casi no logra alzar a Kati hasta el baúl del carro porque ella se niega a treparse a la segunda máquina que quiere expulsarla de sus días. Con esfuerzo le levanta las patas delanteras al borde del carro y le empuja torpemente las de atrás, frustrada con la fuerza que ha perdido en esos años a pesar de pasarse tantas décadas tomando clases de pilates. Kati se contorsiona como si fuera una lombriz enorme hasta que se desploma de costado sobre los periódicos del baúl. Aturdida, vuelve a ponerse de pie, como buscando recuperar la dignidad.

—Muy bien, la perrita linda. Sí. Vas a ver que te va a gustar mucho tu nueva vida.

Se siente extraña al tutearla, pues nunca lo ha hecho antes con ningún otro perro, pero cree que esto podría ayudarle a suavizar la mudanza. La acaricia, aliviada de que no esté lanzándole mordiscos (piensa que si ella fuera perra habría al menos mostrado los dientes). Le sorprende que no esté intentando escaparse. Entiende que rechace la galleta con olor a tocineta que ella le acerca y que gruña suavemente de vuelta.

Kati jadea. Observa hacia un fondo que parece existir detrás del cuerpo de la mujer que tiene en frente. Imposible saber si se pregunta a dónde la llevan. Arquea el torso en una curva aún más chueca para alejar el corazón, como si encorvándose pudiera soportar mejor el nuevo aturdimiento. Parece un animal mal embalsamado. Su jadeo ya no es aliento de juego ni abanico que la refresca en el sopor. Podría ser la zozobra que anuncia la injusticia de que otros insistan en mermarle la altivez y la fuerza. Dispara su aliento acelerado de la misma forma en que lo hizo en el camión que la expatrió del centro de Bogotá seis meses atrás para llevarla a encontrarse con su Mona. Podría ser que hoy recuerde el olor de ese secuestro.

MONA

Al darse cuenta de que Kati no está revoloteando por los bordes del patio, el hombre que las ha cuidado por meses busca a Mona, a quien él bautizó Reina. Está restregándose el lomo contra el pasto, sacudiendo la alegría patana que le producen las mañanas con sol. Alguien podría pensar que baila al ritmo del reguetón de las bocinas que tocan una canción famosa que él reconoce y se sabe completa, pero que esta vez no se siente capaz de tararear. Si conmigo te quedas o con otro tú te vas no me importa un carajo porque sé que volverás. Las líneas se repiten, pero nadie parece reparar en la promesa del retorno, ni en sus grietas.

Cuando recién llegaron a la Unidad, Kati y Mona siempre estaban juntas en el patio. Como si algún vínculo se hubiera soldado cuando untaron por primera vez el rocío de sus narices en la celda y chocaron las colas. Pero con el tiempo el hombre fue notando que, a pesar de estar siempre tan enlazadas allí, tomaban distancia cuando estaban afuera, como aprovechando para olisquear lo que trascendía sus propias grasas y alientos. Ahora sabe dónde está la que adora jugar con el cachorro, pero a la otra no la encuentra por ningún lado. La asistenta le confirma que la acaban de adoptar.

—Casi no se deja jalar afuera, la Leidi. Ahí está pintada esa chandita mañosa. Lo que me alegra es que se la llevó una señora para una finca. ¿Puede creer la suerte?

A pesar de estar en medio del juego, Mona se deja amarrar del hombre y lo acompaña sin resistencia a cruzar la oficina donde varias familias están llenando encuestas de adopción. Al borde la calle, detrás de las rejas que delimitan el parqueadero de la Unidad, no se ven sino carros pasar, la frutería abierta y un par de personas que caminan. El perro de la ferretería del frente asoma la cabeza al andén. Mona lo mira y bate la cola y él le ladra de vuelta. La señora del carrito de las empanadas dice no saber quién ha salido porque ha tenido mucha clientela. El hombre se dobla en dos para abrazar a Mona, pero también para soportar mejor la vergüenza que lo aplasta, sin saber cómo decirle a la perra que el encierro está a punto de comenzar a dolerle más.

—No se preocupe, mamita, que va a ver que a usted ya casi se la van a llevar a una buena casa y va a estar muy feliz también. Hasta de pronto hoy mismo puede irse. Le prometo que sí. Cuente conmigo, que yo voy a hacer todo lo posible.

A Mona parece gustarle que él le rasque la piel pecosa de la panza donde se le asoman los pezones y se desgonza en el suelo patas arriba para que él la acaricie mejor.

—Y además Leidi va a recordarla para siempre. Eso sí téngalo por seguro.

Se le agrieta la voz cuando intenta decirle que ambas tienen buena memoria y que es imposible que vayan a olvidarse de todo lo que pasaron juntas. Decide callar. Recuerda a su mamá cuando lo regañaba de pequeño por llorón. Piensa en el gozque negro que él cuidó hace unos años en la Unidad hasta que una familia se lo llevó y luego lo devolvió a los seis meses roto de alientos, deshilachado por dentro. Se pregunta si lo mismo le pasará a su Leidi.

Mona lo mira, al parecer un poco confundida por que estén por primera vez al borde de esa calle que ella debe de conocer por los olores que llegan al patio pero que nunca había visto antes. ¿Recordará la angustia que la atacó en el borde del parque donde la abandonó la mujer que la crio? Como hacía siempre con la gente de la casa donde fue cachorra, roza su lengua por el cachete recién afeitado del cuidador que ahora se arrodilla a acariciarla. Tal vez perciba la tristeza de él y su culpa, y quiera suavizar sus lamentos. Derrotado, él se devuelve con ella a la Unidad, sabiendo que debería adoptarla, aunque no sabe cómo haría para tener una perra tan grande encerrada todo el día en el apartaestudio que comparte con su tía. Le duele prever que ahora pasará su tiempo queriendo explicarle a la perra las razones de su soledad. ¿Y si busca los datos de la señora que se llevó a la otra para llamarla? Decirle que hizo falta algún trámite o confesarle que las perras necesitan al menos despedirse para que no las derrumbe la pena. Ignora cómo es lamer y oler los adioses, pero intuye que al menos ayudaría juntarlas una última vez para que tracen los contornos de la partida. O tal vez no haya ritual suficiente para esa despedida. Imagina que sería inútil tratar de convencer a la señora de adoptarlas a las dos. Cuando suelta a Mona de nuevo en el patio sabe que, si quisiera comenzar a reparar lo que se está quebrando, tendría que acompañar a la perra varias noches en la baldosa fría de la celda. Acariciarla en su vigilia solitaria para hacer menos abrupta la ausencia repentina. Paliarle de alguna forma el nuevo abandono.

KATI

Aunque parece tener la carne entumecida y frágil, Kati intenta quedarse de pie a toda costa. Batalla las curvas y los frenazos del carro que la sacuden a cada rato queriendo doblegarle los huesos. Jadea más, marcando con sus babas el papel que forra el suelo. A la salida de la ciudad, en la autopista trenzada de camiones y buses (que quizás retumba como sus calles de antes), las patas por fin se le desmoronan y se acuesta. Pero deja la cabeza en alto, como insinuando que aún no se ha resignado ni olvida. Entonces comienza a aullar pregones agudos que luego descienden a la gravedad del gruñido y vuelven a treparse hacia el lamento. Cantos insumisos que alguien confundiría con tristeza. Su voz parece cargada de menos furor y más preguntas que la que ella conjugaba en sus días de calle. Lanza aullidos más largos que los que entonó en los primeros días de destierro en la Unidad, cuando pulía con sollozos tristes los ecos de las celdas. Pero ya no está Mona, tan curtida como ella por el abandono, para intentar aplacárselos. Ya no puede acostarse a su lado y hundirle el hocico en el cuello, como para asegurarle que ambas son bienvenidas.

La mujer mira a cada rato por el espejo retrovisor. Se pregunta si fue una buena idea adoptar a una perra mayor en vez de escoger a algún cachorro sin trajines.

—Tranquila la perrita, cálmese ya, vea que la estoy llevando a un paraíso que le va a gustar, mucho más lindo que esa perrera helada. Va a ver, mija. Espere y verá que no nos demoramos tanto.

Kati aúlla más. Como la noche en que se le llevaron a Luis, la nariz está opaca de lo seca.

—Tranquila, que te va a encantar ese campo donde vas a poder correr y la cama tan rica que te tengo allá, que es solo para ti. Sí, mi perra linda. Y vas a poder hacer lo que quieras y vas a volverte amiga del Ladrón, que te prometo que te va a querer mucho, porque es un perro divino y queridísimo, y vas a pasar feliz. Ya tranquilízate y no llores más.

El llanto de Kati desdice las súplicas de la mujer. Ella apaga el radio y lo enciende de nuevo. Abrumada por no saber cómo explicarle esa mudanza, vuelve a preguntarse dónde vivía antes la perra. Se la imagina en un apartamento pequeño del sur de Bogotá donde ya no pudieron cuidarla más porque creció demasiado, como le pasó a la que adoptó una amiga del trabajo, que era de su empleada doméstica. O perdida en un parque, porque los perros se pierden mucho en Bogotá, como siempre se ha sabido. ¿O se la habrán robado y se escapó de los captores? Desea que la perra no haya tenido que crecer en la calle. Que le haya tocado andar unos días husmeando basura en los andenes no es tan grave, pero vivir desde que nació en el cemento agrietado, en la suciedad de los parques llenos de charcos, en el polvero que bordea algunos puentes y que ella evita ver desde el carro pues sabe que allí se camufla gente, eso sí le preocuparía. ¿Qué se le quebraría entre la vida de antes y esta? La mujer está segura de que podría ayudarle a alegrarse si lo supiera.

Cuando Kati deja de aullar explotan las trompetas de una sinfonía que anuncia triunfos lejanos por el radio. La mujer sube el volumen con la ilusión de que esa melodía aligere la pesadumbre de su nueva compañera. Jadeando, Kati parece ignorar la melodía que retumba entre la combustión del motor, la reverberación del aire acondicionado y la vibración de las latas del carro. Quizás sienta sed. La mujer no logra verla por el espejo retrovisor, pero le alivia que haya dejado de llorar.

En las dos horas y media que dura el viaje, cada vez que Kati se yergue a anunciar su desazón comienza el sonsonete de la señora desde el asiento del conductor recordándole que es guapa y valiente. Aunque alza las orejas al escucharla, la perra se niega a mirar hacia la fuente de la voz. Despliega el cuerpo curvo y tullido como sin saber bien dónde posar los huesos, quizás sospechando un peligro que le nace en la entraña misma de los músculos. Continúa como extrañada de su propia carne. Seguro que nunca ha visto la tierra desplegarse así de rápido. Los potreros arbolados, los montes de maíz y papa, las volquetas y tractomulas que el carro pasa en el largo ascenso al páramo. Las manchas desteñidas detrás del vidrio empañado. Quizás no se pregunte por nada de esto. Sus ojos parecen querer enroscarse hacia un temblor muy interno. Enclaustrada en el metal, tal vez tampoco alcance a oler bien perros y vacas lejanas, plantas arrancadas, excremento e insecticida, humo de ladrilleras y fogones, barros arados, plumas de gallina. En el fondo de su jadeo, ¿cultivará algún aliento? Aturdido, mutilado, nauseabundo quizás, después de tanto brinco, pero un aliento que cuente algo más que el destierro.

Cuando el carro por fin se detiene después del zarandeo de curvas y de los huecos de la carretera destapada de la última parte del trayecto, Kati se para rápidamente como si un resorte se le hubiera encendido contra su voluntad. En el borde del baúl abierto, mientras el viento la peina, observa aturdida pastizales y bosques que no exhalan olor alguno a asfalto ni a combustión ni a desinfectante de perrera. El hocico le delata la curiosidad cuando aspira el cuerpo cordial de una nueva mujer que se le acerca. Notará, quizás, las grasas de pollo y lanolina que se aferran a su delantal, las manos imantadas de cebolla, cilantro y limpiador. Detrás de esas carnes robustas quizás Kati perciba las resinas y las fibras del follaje nuevo que le trae el viento y los rastros de tanto animal que surca todo eso. ¿Resonará allí algo de su pasado? A lo mejor se pregunte por Luis, por Mona, por el hombre de la perrera. Si alguno la está esperando allí cerca. O tal vez nada de eso.

Nadie que la vea allí, paralizada en el borde de ese carro sucio, tensa y encogida, podría pensar que es tan osada. Que ha saltado muchas veces desde las alturas de muros y de carretas. Que cuando galopa rápidamente no carga ese peso que ahora le mortifica los huesos.

La mujer le pide a la que trabaja para ella que agarre a la perra con la correa.

—No vaya y sea que después de todo le dé por escaparse. Se llama Leidi, pero vamos a tener que ponerle un nombre nuevo.

La empleada le acaricia la cabeza tratando de comprender su desaliento.

—Buenas tardes a la muchacha bonitica. Felicitaciones, señora Gloria, está bien linda. Mire ese pelo brillante, y no está flaca, para nada. Está lo más de cuidadita.

Kati se deja tocar de ella con resignación y sin gruñir, haciéndose más pequeña, pero esquiva los ojos de ambas, que la buscan.

—No me felicite a mí, Teresa, que también usted la va a cuidar.

—Pero eso sí, mi consejo es que la señora Gloria no se ponga ahora a cambiarle el nombre, que eso lo que va es a confundirla más y ahorita necesitamos es que se amañe.

La cuidandera alza a la perra y la pone en el suelo sin la menor reticencia, como lo ha hecho siempre con terneros, gallinas y ovejas.

Kati se estira y se arquea cuando toca la tierra, como buscando lubricarse de brío las junturas erosionadas por el viaje. Parece no saber qué hacer con la cola indecisa, si esconderla o liberarla de la cárcel de las piernas. De pronto al tocar con las almohadillas el pasto algo le anuncie que debería fugarse y galopar por potreros y montañas en busca de Luis. ¿O querrá volver con Mona? Puede ser también que el extravío le haya mutilado los deseos. O que, al catar la madera del bosque y sus hojas descompuestas y la insistencia del agua que se cuela en tantos hoyos, comience por fin a calibrar su pérdida.

Amarrada a la correa, jala a la cuidandera hasta uno de los surcos que bordean la casa. Orina un charco grande al pie de una lombriz. La tierra oscura y grumosa de las hortensias debe de olerle muy nueva. Con seguridad también todo se oye distinto. Una expansión sin máquina. Una multitud de árboles como nunca ha visto que ahogan cualquier rumor cuando cascabelean con el viento. Entonces apunta el hocico desde esa cima de monte hacia las pequeñas planicies y colinas que se extienden frente a ella. La amplitud de follaje sin edificios ni carros debe de resultarle forastera. Quizás sus carnes la sientan.

En Bogotá solo una vez cruzó un bosque y subió a la montaña, cuando aún vivía con Luis. Lo acompañó a trepar por las calles estrechas del barrio Egipto y luego por entre los eucaliptos y pinos hasta un claro muy alto en uno de los cerros. Quién sabe si recuerda algo del atardecer de nubes anudadas y regordetas, el polvero naranja que toldaba esa ciudad con afán de oeste, y el olor a monte resguardado de los humos, tan nuevo para ella.

Tragarse todo con la nariz, dejar que todas las resinas le invadan los agujeros, se le unten en las vísceras y vibren. Husmear el barro más oscuro en el que ha estado, oler los robledales arropados de musgo con su colchón de hojas y su telar de hongos, y el ánimo persistente de la quebrada que salpica abajo. Rozar la niebla que se le adentra. Percibir los cadáveres de tantas criaturas que sostienen el suelo y el zumbido de tanto insecto. ¿Cómo se concibe por primera vez todo eso? Unos lo llamarían el trabajo desagradecido, por veces desgraciado, de trazar nuevas coordenadas. Otros pensarían que esa tarea es alegre porque libera.

Ladrón llega corriendo a saludarla con saltos inquietos, haciendo bulla con su ladrido de perro mimado que nunca ha aullado una ausencia. Como reconociendo que es forastera, Kati vuelve a entiesarse toda y se aquieta. Se eriza y gruñe suavemente cuando él le inhala con ansias el culo y la vulva. Parece estar a punto de refunfuñar con la ira de sus épocas de calle, cuando defendía la carreta en la intemperie. Ladrón le bate la cola y retoza cerca como pidiendo disculpas, invitándola a ser su dueña. Ella parece dudar de los elogios. Lo huele de nuevo con reticencia, anunciando, tal vez, que la amistad prometida no llega a convencerla. Ladrón es más grande que ella, pero parece comprender que, a pesar de haber llegado quebrada, a Kati la guía un furor soberano. Aplacado pero latente.

La perra jala a la mujer que la ha atado a la correa hacia la parte más alejada del jardín. Quizás si estuviera en la calle o con Mona en la Unidad no caminaría empequeñecida por el sendero del patio, como pidiendo permiso. El perro las sigue, contoneándose blando y alegre, haciendo más patente la desolación que engarrota las carnes de ella. Ambas mujeres se alivian de que no haya habido una pelea.

La tarde pardea para que las ranas comiencen el bochinche. Quizás a Kati le sorprendan esos cantos diáfanos que nunca reverberaron por el centro de la ciudad (solo los antepasados suyos que vivieron hace más de un siglo habrían alcanzado a oír las ranas del río Vicachá antes de que talaran todos los árboles que lo acogían y lo escondieran bajo el cemento de Bogotá, y con eso lo despojaran del nombre y de las criaturas). La mujer que la adoptó ha decidido que la perra pase la noche adentro porque teme que se escape, aunque cuando se mudó allí se prometió a sí misma que no dormiría más con animales entre la casa y ha entrenado a Ladrón para quedarse afuera. Kati cruza el umbral, reticente, resistiendo levemente el jalón de la correa. Con la velocidad de un lobo cazador busca un recoveco en la cocina cuando se da cuenta de que está suelta. Enrosca las carnes en la esquina de las escobas, que se caen sobre ella. Rehúsa acomodarse en el tapete que la dueña de casa le ruega ir a ocupar debajo de la mesa. Ignora el plato de comida que ella le acerca.

—¿Por qué está tan preocupada la perrita? Mire que ya llegamos y esta es su nueva casa. No me mire así, que claro que le estoy diciendo la verdad.

La mujer recuerda que ha decidido tutearla y por primera vez se siente incómoda hablándole a un perro.

—Yo sé que es difícil mudarse, Leidi, pero vas a ver que aquí tu vida va a ser espectacular. Mucho mejor que en Bogotá. Sí, porque eres una señorita valiente y linda.

Kati jadea y mira hacia la puerta, vigilante.

A la mujer la mortifica no saber qué está pensando la perra. ¿Dudará de su bondad? ¿La está cuestionando por llevársela hasta allá? Se pregunta si algún día la perra va a demostrarle el agradecimiento que se merece. Su nombre vuelve a parecerle estridente, pero sabe que cambiárselo ahora sería pésima idea.

Kati esquiva el pedazo de queso que ella se acerca a ofrecerle. Intenta replegarse aún más, recogiéndose hacia sus propias costillas cuando la otra trata de acariciarla. Finalmente, quizás sabiéndose acorralada, se deja frotar la planicie de la cabeza. La mujer vuelve a preguntarse si cometió un error, si no habría sido mejor conseguir un perro con un pasado certero. Se lamenta de no haber esperado unos meses más y comprar uno de los cachorros de la labradora de una amiga que acaban de nacer, aunque esté cobrando tanto. Entonces invoca a la sobrina que la convenció de rescatar un perro huérfano y se acuerda de lo loable que es aligerarle a otro ser su soledad. En la primera foto que le toma, la perra sale enroscada, como melancólica, mirando a un horizonte que excede las paredes que la encierran. Se la manda a su sobrina y añade:

Por fin la adopté. Se llama Leti. ¡Amañándose de a poquitos!

Kati olisquea la baldosa recién trapeada que despide un perfume que para ella debe de ser nuevo, tan distinto a la madera de la carreta, al hollín de la calle y al cloro de su celda. De vez en cuando vuelve a erguir el cuello y mira hacia la ventana del comedor como con ansias de estar afuera. Los jadeos se le cuelan por los labios negros cuando intenta recostar la cabeza de nuevo. Se sobresalta varias veces con la explosión de los troncos de la chimenea que totean. Aunque entierra el hocico contra su vientre, tuerce la mirada para estudiar de reojo a la mujer que camina por la casa practicando ser la dueña. La observa desempacar cajas y maletas. Parece inquietarla la voz apasionada con que la otra canta boleros. Registra sus vaivenes como un testigo en cautiverio.

Comienza a ladrar cuando la mujer está en el baño torturándose la uña encarnada en la que por años ha hecho su hogar un hongo. Responde al ladrido de cuatro mastines enormes, enrejados en una finca aledaña, que todas las noches aúllan melodías desconsoladas. A lo lejos los perros parecen renegarle al cosmos por el encierro, como si trovaran la nostalgia del pasado ancestral de movimiento que sus falanges intuyen, pero que nunca han hallado en el jardín pequeño donde viven. Kati alza las orejas y eriza el lomo, quizás intentando descifrar las ondas de este canto triste. Ladrón se une desde afuera. La mujer se preocupa de que esos perros vayan a contagiar a la perra con sus penas.

—Yo sé que la perrita está extrañando. Sí señora. Pero no me le pongas atención a las quejas de esos perros furiosos que no viven aquí. ¡Si tú aquí eres libre! Más bien te invito a venir conmigo y duermes en mi cuarto. ¡Ven! Y verás que ahora sí te vas a poder tranquilizar. ¡Ven ya! ¡Leidi!

La mujer zapatea y ve que la perra, inmóvil, la mira brevemente, como escrutándole los huesos. Piensa en los reproches que le habría lanzado su mamá, que crio a todos sus poodles con una disciplina férrea, sin zalamerías, contenta con la autoridad que venía de obligarlos a cumplir con eficacia todo tipo de órdenes cuando ella seguía las del marido. Si la vieja aún estuviera viva, volvería a cuestionarle a la hija su ternura, los arrebatos que la impulsan a querer abrazar a cada perro y recibir los lengüetazos de ellos. También habría criticado el nombre y la dudosa procedencia de la perra.

Kati baja el hocico y a través de los labios cerrados deja escapar un último ladrido. La mujer sabe que no es buena idea obligarla a moverse de allí. Quisiera persuadirla de algo antes de que cierre el día, pero tampoco sabe qué más ir a pedirle. La angustia pensar que el juego de súplicas que acaba de comenzar esa mañana vaya a extenderse demasiado. Que ambas se cansen en el intento. Se pregunta si en la Unidad la recibirían de vuelta.

—Entonces te duermes ahí juiciosa, sin hacer alboroto, porque todos tenemos que descansar después de este día tan largo y de todo el esfuerzo que he hecho por traerte hasta acá. Ya mañana empiezas a amañarte, ¿bueno? Vas a ver que sí. Y también vas a volverte más agradecida. ¿Oíste?

Kati mira atenta hacia las cortinas, como si la mujer fuera una estorbo que no la deja descifrar bien los quejidos de los otros perros.

Después del sudoku nocturno que se obliga a hacer todas las noches para evitar la demencia senil, la mujer se pone unos tapones de oídos. Sabe que debería estar alerta por si la perra se rebela de algún modo, pero le preocupa que otra noche de dormir mal le dispare de nuevo las migrañas y la lance a la espiral del insomnio que ha sufrido por meses, desde que murió su mamá y ella y sus siete hermanos se pusieron a sopesar hasta la última cuchara que dejó la vieja, cuánto valía y cuánto les dolía, y empezaron las peleas.

Antes de encuevarse entre las cobijas para aislarse del frío que suele adentrarse por los poros de la casa, a la mujer le preocupa que la perra se orine en un tapete o le dé por morder o rasguñar alguno de los muebles que acaba de heredar y que tanto esfuerzo y plata le costó traer desde Bogotá hasta esos cerros. Armarios, mesas y poltronas enormes, que no fue capaz de vender y que ella sabe que se ven recargados en esa casa rústica y pequeña. Objetos que le recuerdan a la casona de su madre, donde ella pasó su infancia y en la que tuvo que dejar embadurnada tanta paciencia mientras cuidó a la vieja. Está cansada y sabe que la perra no le hará caso esa noche. Se prohíbe concluir que alguien ha llegado a desordenarle la quietud nocturna que atesora desde que enterró a la vieja. Camina hasta el umbral, dice un hasta mañana que Kati parece ignorar, apaga las luces y entrecierra la puerta.

Kati se para a tomar agua cuando ya la mujer duerme. Vacía el bol a lengüetazos urgentes. Olisquea la comida, pero no la toca. Quizás el desajuste le ha anulado el hambre. Vaga por la sala que también es comedor sin que parezcan decirle nada los sofás ni el sillón ni las cortinas ni el tapete persa. Huele las fibras y las lacas brillantes de esos objetos que nunca ha visto ni sabe cómo residen o el pasado que acogen. Olisquea los bordes de la nevera como buscando los rastros de la vida que mora adentro. Ventea afuera. Las campanitas que cuelgan en el patio marcan una soledad hueca y solemne. Alza las orejas, como intentando comprenderlas. ¿Le recordará ese tintineo a las del carrito de helados del hombre que solía saludar a Luis en la carrera Séptima? Ladra hacia la puerta principal, como si se alistara para comenzar a aullar, pero decide volver a acostarse en el rincón escogido. Quizás porque le rasca, o quizás por costumbre, se mordisquea con empeño la planicie donde le nace la cola, como lo ha hecho desde pequeña. Tal vez evoque a Luis, que le hurgaba los pelos cuando la encontraba rasgándose así la piel, preocupado de que tuviera sarna. Estornuda. Se lame las rodillas con lengua cariñosa, como compadeciéndose. ¿Qué almizcle de Mona aún la impregna? ¿Qué residuo, qué pelo se enreda aún entre su abrigo que anuncie que la otra sigue allí, que narre el tiempo que duró ovillada con ella? Se enrolla como si estuviera averiada. Tres llantos le retumban en el hocico sin que nadie los escuche.

Por ratos, durante las horas en que logra dormir, las patas se agitan como si estuviera galopando. A veces exhala con fuerza por las mejillas, pero no despierta. Otras, le tiembla un músculo solitario. Escapará de una gente que quiere atraparla, perseguirá al camión que se llevó a Luis, cruzará por el parque Tercer Milenio a saludar a otro perro, retozará con Mona en ese cosmos breve que encontró en el patio de la Unidad. ¿Y si su sueño no es sedimento de recuerdos sino vaticinio? Correr por los campos, escabullirse bajo los alambres de púas para ir a buscar comida, encontrar una guarida certera, galopar por donde pueda, hacia Luis o Mona o el hombre que la cuidó. O a lo mejor solo sueña aromas o remolinos de color, fractales brillantes, huracanes densos, tuétano delicioso de huesos, o cosas incomprensibles que nunca conoceremos.

En la mañana Kati se apresura a ponerse de pie cuando la mujer se le acerca a acariciarla. Sus junturas aún parecen bisagras oxidadas. Se niega a mirar el bol de comida que ella le acerca.

—¿Cómo amaneció la perra linda? Sí, muy hermosa y muy valiente en su nueva casa mi perrita. Te felicito.

La mujer lanza sus ruegos con los labios recogidos de ternura, animándola a comer. A Kati deben de sonarle extrañas esas melodías zalameras que nunca nadie le ha endilgado. Ni Luis, ni sus amigos de calle, ni el hombre que la cuidó en la Unidad la elogiaban con ese tono tan empalagoso y suplicante. Mira a la mujer desde su esquina, arqueando el lomo contra la pared, y la otra se pregunta si esos ojos marrones le imploran algo que no logra descifrar o si la maldicen por el cambio de hogar. Corta un trozo de carne y se lo deja cerca.

—A que esto sí te va a gustar. Yo sé que eres un poco terca, pero yo te entiendo, porque a mí también siempre me han dicho que tengo carácter y eso está bien, sobre todo en este mundo tan lleno de gente miedosa, de mujeres que hablan como niñas chiquitas y que sonríen todo el tiempo para hacer a todo el mundo feliz.

Sí, guapa. A mí me gusta la gente qué sabe decir lo que siente.

Después de olisquearla más de lo que habría hecho en Bogotá con cualquier sobrado callejero, Kati se traga la carne. Tal vez le sepa exquisito. A lo mejor nunca en su vida haya probado algo tan fresco.

La mujer se alegra de que la perra le haya recibido un trozo, pero a la vez le molesta que sea tan desagradecida. Quiere preguntarle si preferiría estar en la perrera helada y no allí tan atendida, pero se contiene. La perra mira hacia las peñas nubladas cuando la mujer abre las cortinas.

—Si quiere más bien salga y salúdese con su amigo Ladrón, que está que la espera.

Al verla cruzar el umbral, sigilosa y agachada, la mujer se pregunta qué pasaría si la perra escapara. En la Unidad le dijeron que tenía un microchip instalado adentro, pero ella no preguntó cómo funcionaba ni dónde se lo habían incrustado. Se imagina un aparato que emite señales desde su pecho a una antena, pero intuye que ninguna onda sería suficiente para encontrar a una prófuga en la punta de esos cerros donde se multiplican las cimas y a duras penas entra la señal del teléfono celular. Si se fugara, además, quizás nadie la vería pasar por esas tierras donde quedan solo unos cuantos campesinos viejos que se resisten a exilarse en la ciudad y un par de cabañas campestres de gente de la ciudad que casi nunca va.

Como quien sospecha una trampa, Kati camina lentamente por el corredor que bordea la casa, donde recién han comenzado a florecer los geranios que la mujer trajo hace poco de la ciudad. Se refrena cuando Ladrón se acerca brincando como un saltamontes gigante. Ella alza la cola sin gruñir y se arquea para desperezarse al lado suyo. Con cierta reticencia, como si tuviera que seguir unos rituales obligatorios que no pueden escapar los de su sangre, aspira por un par de segundos el ano del otro, que le bate la cola tendido patas arriba. Luego lo ignora cuando él se voltea de un salto súbito, rogándole juguetear.

Interrumpe su camino al jardín para posar el hocico sobre uno de los escarabajos que patalean moribundos en la baldosa tras una noche de intentar darse la vuelta. A lo mejor sea nuevo para ella el olor a angustia del insecto desconocido que agoniza. Decidida, se encamina hacia las plantas con un trote más certero, parecido al que tenía cuando se le adelantaba a Luis por la avenida Jiménez resuelta a buscar huesos en los andenes. Orina entre las hortensias y los cartuchos. Caga al pie de un agapanto. Encara por largo rato el aire que porta el soplo de los fangos de la quebrada y que debe de ser más ligero y dulce que cualquier otro que se le haya colado alguna vez adentro. Quizás el rocío le insinúe algo de las mañanas frías del parque donde pasó con Luis sus últimos días. Pero seguro que, en estos montes apretujados de bosque, al pie de las cumbres que abrigan las planicies de altura, el viento les unta un manto distinto a sus vísceras. ¿Cómo sondea la urdimbre que se expande frente a ella? Los árboles enormes que se zarandean con paciencia para anunciar que allí se quedan, las rocas que murmuran siglos en los farallones, los hongos brotados que se propagan por corrientes subterráneas, el halcón que revolotea arriba y el peregrinaje fiel de las golondrinas. Quizás esa efervescencia de extremidades, légamo y follaje es la que la hace doblar la cola y apuntar el hocico hacia arriba, para examinar toda la fecundidad, la putrefacción y las sobras. ¿La sacará aquello un poco de su miseria?

El zumbido de una abeja a su lado la desconcierta. Alza las orejas e intenta enfocar la vista hacia el misterio que busca masturbar una flor. Escruta a la desconocida, tal vez para entender cómo no es mosca. Ignora que la abeja también es forastera, que tres meses atrás un camión que la mujer contrató la desterró con las demás del reino de toda su vida para depositarla con su panal en esos montes lluviosos. Que la mudaron con su colmena de la sabana de Bogotá justo después de que la vieja reina acabara de exilarse y la nueva comenzara a poner sus huevos para repoblar el clan. Entre el zarandeo y la melcocha de ese viaje murieron la mayoría. Las que quedaron vivas salieron a un mundo desconcertante de aguaceros y brumas a trazar nuevas rutas hacia flores nunca antes vistas. Kati ignora que la abeja es también la sobreviviente de una emboscada, que lleva meses buscando y memorizando nuevos trayectos —como ahora tendrá que hacer ella— y que, a pesar de la resaca del viaje, sigue escupiendo, generosa, la melaza de sus entrañas.

La mujer aprovecha que el día comienza a despejarse y las nubes están menos entrometidas que de costumbre para pedirle a la empleada que bañe a la perra cuando esta llega a hacer la limpieza matutina. La mujer sabe, porque se lo contó el primo que le vendió la casa, que la vecina a la que contrató tiene un trato especial con los animales y que se rumora que puede pronosticar el futuro con solo oír zumbidos, aullidos, cantos y balidos. En la entrevista inicial que la recién llegada le hizo a la que siempre había vivido allí, esta había explicado cómo podía hablar con muchos seres, comprender sus desconsuelos y percibir sus ritmos secretos. Que sabía salvar vacas con el ternero incrustado adentro sin malograr el parto, criar terneros y potros huérfanos, discernir los balidos que anunciaban una dolencia de los que sugerían una placenta enredada. Que podía socorrer vacas y caballos que se inflaban por comer pasto mojado después de las heladas, curar con masajes a los perros convulsionados y revivir a los envenenados, y salvar a cualquiera de las picaduras de escorpiones y puercoespines, incluidos los humanos. Desde la ventana la mujer espía cómo la empleada le da palmadas cariñosas a la perra en el anca y la agarra con la correa, le restriega el pelo mojado y le desenreda la cola que resguarda entre las piernas sin que la otra proteste. Le molesta el tono desafinado en que canta rancheras, pero se alegra de haberla contratado, aunque haya días en que se sienta culpable de estar gastándose parte de su pensión en el salario de ella.

Kati da pequeños pasos para alejarse de la manguera, pero la mujer la atrapa entre sus rodillas certeras. Los rastros de Mona se van fugando con la espuma de champú perfumado que se abre camino por entre su abrigo hasta caer en las baldosas del patio. ¿Por qué resquicio podrá Kati recordar ahora a su antigua compañera?

—Está retequehelada el agua, yo sé, pero ya vamos a terminar y va a ver cómo queda de elegante. En esa perrera a usted no la debían bañar nunca, ¿cierto? Es que ya solo con venir de esa ciudad usted tiene que estar muy puerca. Yo sé que está disgustada, pero esto la va a alentar, va a ver. Borrón y cuenta nueva.

Quizás Kati recuerde el baño que le dieron el día en que llegó a la Unidad, que fue el primer manguerazo de su vida. Los olores dulzones de los jabones y el polvo acre que le echaron después, que luego trató de quitarse sin éxito frotándose contra las paredes sucias de la celda. Y cómo se le echó a temblar la piel hasta que el hombre la sacó al patio y se calentó en el cemento soleado.

—Usted estéseme tranquila, no vaya a creer que aquí la vamos a estar jodiendo a cada rato. No señora. A no ser de que se me vuelva mañosa y le dé por meterse a nadar en barriales como hace el Ladrón, que se echa en los pantanos allá abajo y después me llega recochino a ensuciarme todo y ahí sí no hay más remedio que la manguera.

Kati evita mirarla, como ofendida, y espera estoica a que la otra termine de secarla con una toalla para sacudirse.

—No se le olvide que ya llegó a su casa, ¿oyó, Leidi?

Tiembla como si más allá del frío con la humedad sintiera de forma más patente el desamparo. Ladrón se le acerca bailando. Ella lo evita y galopa al jardín a enredarse entre las matas y restregarse patas arriba contra el pasto.

Desde adentro la otra mujer empuja la ventana con demasiada fuerza.

—Carajo, Teresa, ¿no se nos irá a fugar ahora?

—No se preocupe, señora Gloria. Está un poco emberracada, pero ya se le va a pasar. Usted tranquila, que yo ya le expliqué que ella ahora vive aquí y ya entendió y se nos queda.

Kati pasa los primeros días anclada al suelo, como si una succión subterránea quisiera chupársela hacia el centro de la tierra. Cuando la arrancaron de Luis meses atrás ella buscó su rastro con ferocidad por las calles agrietadas de Bogotá que conocía desde cachorra. Cuando la deportaron a la Unidad lo llamó por días con rabia babeante y gruñidos, hasta que Mona llegó a convencerla de revolotear con ella. A lo mejor en el desarraigo de esas montañas de raíces profundas y criaturas tan nuevas hayan colapsado sus mapas, se haya difuminado su compás. ¿O será que después de tantas mudanzas se le gastaron los furores? Podría ser que después de todo Kati desconozca qué apetito cultivar ahora entre los pálpitos de ese follaje. Tal vez eso la aturda o la fatigue. O de pronto perciba que si está quieta puede descifrar mejor el rumor de tantos seres que retozan cerca. Duerme poco, aunque pase largos ratos acostada. Plegada entre sus carnes como si quisiera desaparecer, de vez en cuando yergue la cabeza para investigar el baile de los árboles aferrados a su barro. Imposible saber qué le devuelven las profundidades que olfatea. A veces, con la cabeza posada en el suelo, estudia de reojo el vaivén de las mujeres dentro y fuera de la casa. Alza las orejas cuando la conversación de ambas resuena o la vecina entona canciones mientras organiza la casa ajena.

No parece molestarle cuando las nubes descienden hasta sus crines para ocuparlo todo sin conquista y entregarse a cualquier fibra. No se mueve cuando entran a cada rato, pacientes y pegajosas, a toldar esa cima que las mujeres quieren convencerla de que es suya. Después de tantas madrugadas en las calles de Bogotá, tal vez a Kati le guste que el velo húmedo de esa bruma le devuelva algún brillo a su nariz, pues últimamente ha estado demasiado seca.

Con el tiempo parece más condescendiente con Ladrón, que sigue rogándole retozos que ella aún no puede corresponder. Ya no le eriza los pelos si él se le acerca. A veces hasta se le une con sus ladridos, solidaria, cuando el chillido de otro perro o de una moto reverberan por la altiplanicie. Unos días después de llegar comienza a acompañarlo en las mañanas hasta el portón para darle la bienvenida a la vecina, que llega a limpiar. Mientras el otro salta y gime ella menea las costillas y da un par de vueltas alrededor de la mujer cuando la tiene cerca. En el camino de alisos que conduce hasta la casa sincroniza su trote con los pasos de ella.

A veces, cuando se levanta de la esquina del patio donde pasa el tiempo del desconcierto, peregrina al jardín que bordea el potrero de la propiedad. Estudia abejorros y saltamontes que en sus calles no existían. Se pasa ratos largos oliendo el barro negro que atesora el agua, quizás para comprender las vibraciones que pulsan allí. La historia de tantas entrañas que terminan de podrirse, las orinas y excrementos con que tantos otros se asientan, los huesos y cortezas que narran su vida y su final en cada grumo. Otea desde allí los montes, cuando las nubes la dejan. A veces alza las orejas. Parece que aún está cultivando la potencia que le hace falta para cruzar los arbustos y aventurarse hacia el bosque donde trazan sus rutas las abejas viejas y las nuevas y tantos otros seres que trepan y zumban, aún tan extraños para ella.

A cada rato la mujer la espía desde la ventana del comedor, interrumpiendo la labor de abrir las cajas de herencias que había postergado por meses pero que solo ahora, con la llegada de la perra, ha encontrado el ánimo para organizar. Asegurarse de que la otra sigue allí le alivia un poco la herida que le producen las cosas de su madre que ahora saca de las cajas sin saber si regalar o guardar ni a quién ni dónde ni por qué. La aturde en particular una caja de cristal en que la vieja tenía quince dientes, algunos de leche y otros con raíces, que se le cayeron en diferentes momentos de la vida. La aliviana de vez en cuando girarse a ver a la perra desgonzada en las baldosas del patio rumiar sus extravíos sin equipaje. Espiarla le ayuda a entender que ella no está obligada a atesorar lo que su madre adoraba. Se da cuenta de la grieta infranqueable entre heredar las cosas gastadas de otros y heredar el amor de otros por sus cosas. Al segundo día de cuidar a la perra entierra la colección de dientes en el jardín y secretamente se lo agradece.

Tal vez Kati no repare en que la mujer la vigila también desde la huerta donde las plántulas agónicas que trajo de Bogotá deciden si ese es un lugar digno para crecer. Le gruñe cuando la siente acercarse desde atrás con promesas de carantoñas. Quizás de esa voz angustiada que le ruega que acepte su refugio transpire también un olor inquietante. Quién sabe si en algún resquicio interno Kati recuerde otras celadas cuando esta se le arrima. Como la vez cuando aún vivía con Luis y se acercó a la carreta de un reciclador enemistado con él y recibió un palazo que la dejó coja por días. O cuando la atraparon sobre los escombros de la antigua calle donde vivía.

Con cada refunfuño de la perra la mujer siente una derrota. Fantasea con llamar al famoso entrenador que ha visto en una serie de televisión, capaz de volverse el jefe de cualquier mascota y taimar las rebeliones de los animales que no entienden su lugar en la casa. Le molesta no saber con claridad de qué está hecho el desajuste de la perra. Oscila entre felicitarse porque la sacó de la soledad de Bogotá y culparse por cambiarla de lugar. Ignora qué más hacer para que se sienta bienvenida, fuera de lanzarle elogios que intuye que la otra no aceptará. La vecina le ha recomendado paciencia y ella intenta convencerse de que la perra se irá habituando lentamente a la montaña. Espera que los pedazos de carne que ahora acepta sin titubear hayan comenzado a franquear el vacío que se agita entre ellas. Se aferra a las breves victorias y lleva la cuenta. La perra se termina el plato de comida con cierto entusiasmo. La perra se deja rascar las orejas después de tragarlo. La perra admite una lisonja sin alejarse. La perra no gruñe cuando ella le hunde la mano entre el abrigo del cuello. La perra mira de vuelta cuando ella la llama, aunque solo brevemente y aunque aún se niegue a ir hacia ella. La perra camina más erguida y parece tensar menos la melena. La mujer se promete una y otra vez que poco a poco van a quererse como es debido y que a la otra se le irá aplacando la orfandad que parece supurar aún por los huesos. Que dentro de nada dejará de ser displicente, y una mañana amanecerá orgullosa como la conoció en la Unidad y aceptará cualquier caricia. Que entonces podrá llevarla a pasear con Ladrón por los caminos de herradura que ha ido descubriendo por la zona y que la perra caminará al lado de ambos muy contenta. Un par de veces se pregunta qué va a hacer si eso no sucede.

Kati pasa las primeras noches durmiendo adentro. Como se resiste a entrar cuando oscurece y la mujer siente que es mejor no contrariarla, cada atardecer la empleada regresa para ayudarle a llevar a la perra a la cocina. Entonces Kati se deja jalar de ella dócilmente, cabizbaja y empequeñecida, a la esquina que escogió el primer día, donde ahora hay un tapete acolchonado hecho de chales salidos de una caja de herencias. Quizás sea una mezcla de rabia y preocupación lo que se le condensa en los ojos cuando se desploma allí. Ojea de soslayo a la mujer mientras cena, organiza la cocina, se sirve un vaso de whisky, enciende el noticiero. Rastrea los vaivenes de las voces con sus orejas cuando nota algún ruido extraño de la televisión o un pico agudo en la voz de la mujer que habla por teléfono. Yergue la cabeza cuando ella comienza a cantar boleros y tangos, como lo hacía cuando Luis entonaba vallenatos. A veces se sienta, como desconcertada con la quietud, pero vuelve a acostarse al poco tiempo. Cuando se percata de los momentos en que la señora la mira mueve los ojos como consternada hasta cruzarlos brevemente con los de ella. A ratos se lame las rodillas con cariño.

Se pone de pie y ladra siempre que los canes encarcelados de la finca de al lado cantan su elegía nocturna. Quizás entienda, como lo hace la mujer, que en esos berridos lejanos resuenan una denuncia y un desgarro. Tal vez se compadezca de ellos. A lo mejor es de resignación que Kati ha comenzado a dejarse acariciar tras el ladrido, mirando hacia otro lado cuando los dedos de la otra se le enredan por el cuello buscando calmarla. Quién sabe si ya está aceptando paliarle a la mujer el afán que esta tiene de ampararla (¿de ampararse?), que es el destino de tanto perro.

A la tercera madrugada, antes de que amanezca, Kati ladra al pie de la ventana del comedor con una indignación que suena igual a la que le daba en Bogotá cuando defendía su carreta de algún desconocido. ¿Habrá olido uno de los faras que hacen sus rondas por el jardín? ¿La intrigará el golpeteo constante de los cucarrones que revientan contra el vidrio? O quizás en su canción iracunda está expulsando una rabia albergada desde hace más tiempo, la furia que Mona parecía contenerle. Kati ignora la invitación de la mujer a acostarse de nuevo, aunque haya un pedazo de carne de por medio. Ladra un rato más. Ladrón le responde desde afuera.

A pesar de las pastillas para dormir la otra se desvela pensando en qué hacer si la perra sigue interrumpiéndole el sueño.

En la cuarta noche, Kati entra a la casa cuando la llaman, dócil, sin que tenga que obligarla nadie a hacer el trayecto. La mujer se convence de que no ha sido un error adoptarla y les envía a las amigas por el chat grupal una foto que le sacó en el jardín entre los agapantos. Kati aparece de perfil, con las orejas alzadas, mirando hacia el bosque de niebla.

Les presento a Leti. Mi nueva compañera.

Siempre le ha indignado que la gente diga que es la madre o el padre de algún perro. Recibe confeti, corazones y emoticones alegres y los agradece de vuelta. Envía la misma foto a las tres sobrinas que adora, a su colega del banco que aún no se ha jubilado y a la empleada doméstica que por quince años limpió su apartamento en Bogotá y le ayudó a criar a Ladrón. Le gusta recibir elogios. Que la perra les parezca a todas tan hermosa como a ella. Que todas sepan que ella ha organizado el rescate. La bondad que la hincha también la alegra.

Cuando ya todo está oscuro Kati se encarama al mesón de la cocina y se roba un pollo que la mujer ha dejado para descongelar. Se pasa la madrugada acariciando los jugos y rascando las fibras de la pechuga endurecida. Con cada lengüetazo parece sentir una ilusión, como si por primera vez desde que le arrancaron el amor de Mona y de los otros hubiera encontrado una misión que hiciera coagular un poco el tajo de su dolor. Extraer el tiempo en sabor, en zumos apetitosos. Participar en la transmutación de otras carnes. Como si ahora aprehendiera por fin un deseo potente en la mandíbula.

La siguiente noche la perra araña con insistencia la nueva puerta de entrada que la mujer mandó a instalar, firmando con rayones profundos la madera nueva. Parece que en la oscuridad va recuperando el antiguo vigor de sus garras, el relámpago que cruza las lomas de sus encías, la potencia trovadora de su voz ronca. Quizás después del desgarro ha encontrado la fuerza para volver a desear el aire pulido de la madrugada, el bochinche pajaril, el aroma de los ratones oficiosos, lo que cruje y se cuaja cuando quiere irrumpir el día.

Al sexto anochecer nadie obliga a Kati a acostarse adentro. La mujer le saca el colchón a la casita techada donde duerme Ladrón y le deja encima un pedazo de carne fresca que la perra engulle de inmediato.

—¿Estás contenta de que ahora vas a dormir aquí afuera?

Kati investiga las mantas que despiden un perfume sintético. Luego mira hacia otro lado, como desdeñándolas, atenta a detectar algún movimiento en el bosque. Quizás, tras una vida acostumbrada a los cantos diurnos de gorriones y mirlas y al silencio nocturno de las aves de la ciudad, la sorprenda a esa hora el ululato de una lechuza en un árbol cercano. La oscuridad transformada en clamor de ave rapaz.

—Pero no te va a dar por irte por ahí a buscar a los perros encerrados o a explorar el bosque por la noche. No señora. Yo te voy a llevar pronto de paseo para que exploremos juntas, cuando ya estés lista para venir a nuestras caminatas, que va a ser ya casi. Sí. Pero ahora descansen con Ladrón en su camita deliciosa y cuiden la casa juntos, ¿oíste?

La mujer se agacha para intentar acariciar a la perra, con ganas de encuevarle con las manos el hocico como hace siempre con el otro. Quiere darle un beso en los pelos oscuros que le abrillantan la cabeza, pero se refrena. Por primera vez alcanza a ver de cerca la frontera marrón que le decora las pupilas negras como el cráter rocoso de un volcán inundado de agua. Ladrón se incrusta entre ambas, siempre dispuesto a que lo mimen, y ella lo besa en el entrecejo tras limpiarse el lamido pegajoso que él le zampa.

—Tú te quedas pendiente de ella.

La mujer se pregunta cuándo será que los ojos esquivos de la perra quieran de verdad encontrar los suyos. Si llegará el día en que su mirada se transmute en petición y suplique cariños, como hace Ladrón, o al menos contemple las cosas sin la desconfianza que parece blindarla desde que llegó.

En vez de acostarse al lado de Ladrón, Kati se encamina al patio, aceptando en el trayecto un nuevo pedazo de carne de la mujer, que la sigue. Se deja dar palmadas en la grupa y rascar la pelambre detrás de las orejas, en la que quizás aloje algún recuerdo de Luis, que le escarbaba allí con las uñas hasta que ella se quedaba dormida. ¿Será que va comprendiendo que no hay más remedio que someterse a chantajes y cortejos? Podría ser también que, tras pasar tantos años mendigando huesos, el músculo jugoso del pollo haya comenzado a desmoronar la insurrección que le habita el cuerpo. Cuando se acuesta en el tapete del patio se deja tapar con una nueva manta cuyo olor a perfume ajeno debe de hacer más patente la ausencia de sus antiguos compañeros.

Durante el par de horas que Kati reposa en el patio antes de escapar, la mujer mira un reportaje en el noticiero sobre el descubrimiento de nuevas fosas comunes en Antioquia que se cree son de presuntas víctimas de los paramilitares. Un plano muestra un claro en el bosque delimitado con cuerdas y resguardado por dos policías y un pastor alemán. Se oye el escándalo de los pájaros que compiten con el investigador forense mientras este explica los detalles del hallazgo al pie de la fosa donde había catorce cuerpos. Ella se pregunta si este fue el único perro que ayudó a detectar los cadáveres escondidos debajo de tantas capas de tierra. La indigna que nadie hable de él y se promete escribir en la mañana un correo electrónico al noticiero. Piensa que quizás en unos meses, cuando todo se sienta menos dudoso y nuevo y ella deje de preguntarse si realmente fue una buena decisión poner en alquiler su apartamento en Bogotá y subirse hasta ese cerro, pueda considerar adoptar otro perro. Cuando las amigas por fin vayan a visitarla y la huerta crezca bien y ella haya salido de todas las cajas. Cuando la perra ya haya entendido que vive allí. Ojalá uno así de heroico. Pero si no se puede, otro de la Unidad. En la sección de entretenimiento del noticiero una rubia de traje de coctel rojo presenta anuncios de planes de celular y una sección especial llamada «¿Tienes un perro? Con estas cinco actividades te amará». Por un momento la mujer se emociona, pensando que quizás le darán el consejo que le hace falta para cortejar a la recién llegada. Una entrenadora musculosa en traje deportivo pasea a un labrador por un parque del norte de Bogotá explicando obviedades. La mujer apaga la pantalla con desdén, se sirve un nuevo whisky y se asoma para cerciorarse de que Kati siga acostada afuera.

Kati se une con un ladrido solidario a los llantos lejanos de los perros encerrados un rato después de que la mujer ha apagado la luz. La ignora cuando se asoma de nuevo, como si no quisiera que nadie se entrometiera. No parecen aliviarla las felicitaciones que le lanza la mujer por seguir allí ni las promesas de que dormirá muy contenta.

La perra se levanta cuando la luz de la casa se apaga de nuevo. Se estira y se sacude, como rechazando toda la mansedumbre que ha tenido que aparentar. Acaricia con las narices el aire que la hincha apuntando el hocico hacia la quebrada, a donde bajó con la mujer y Ladrón esa mañana para oler por primera vez las aguas que relamen el hierro de las rocas y surcan los sedimentos sin contención. ¿Cuántos animales y pestilencias llegarán desde lejos a esas horas a cosquillearle los fondos de la cabeza? Quizás detecte desde allí las rutas que los roedores trazan entre musgos y troncos. El zumbido de los escarabajos adictos a la luz. La ligera disciplina de las arañas y el frenesí de las polillas. La baba y la muerte de muchas criaturas.

En el camino que lleva al portón comienza a trotar, afanosa, con el hocico al ras del suelo, como hacía en las madrugadas de Bogotá cuando se despertaba antes que Luis y buscaba ratas por el parque. Se escabulle por debajo de la puerta de madera que cada tarde la cuidandera cierra con candado y sale a la carretera destapada por donde a diario pasan algunas motos y el camión de la leche, pero que a esa hora está desolada. Una alegría nueva parece trastocarle los huesos. Parece arrebatada por la urgencia.

Frena de vez en cuando pues algo la llama desde el borde de la carretera y ella salta emocionada a olisquear lo que se esconde entre la maraña de hojas, como si en esos desvíos encontrara sustancias que la ayudaran a ablandar una larga resaca. Hasta que retoma el camino de tierra que la lleva al sur, recordando quizás que tiene un rumbo y un motivo. El paso amortiguado y la cola blanda delatan su nueva ligereza.

Trotar hacia los árboles que bordean la carretera sin que nadie la vigile, orinar en cualquier palo, insertar el hocico en los huecos almizclados. Detectar con premura las resinas que untan otros seres en el suelo. Reconocer el llamado de tantas carnes que la invitan al rastreo. Oler por largo rato otros peregrinajes y excrementos, la vida grasienta y escamosa de piel y sustancia con que se recubre ese mundo. Exhalar, como empalagada, cuando se topa con el rastro de un cuerpo nuevo. ¿A qué le olerán las plumas de las aves que duermen en las ramas? ¿La piel cauchuda de la rana que se expande en los nacederos? ¿La orina de las ratas? ¿La baba de los gusanos sobre la roca? ¿Las motas que se desprenden de las alas de la polilla? Invadir la esponja de musgo que le moja las almohadillas. Masticar unas hierbas que no saben a pasto tiznado. Restregarse contra el cadáver podrido de algún roedor para que el lomo le quede perfumado. Caminar campante, satisfecha, como hacía antes por el borde de la carrera Décima, aunque todo huela y suene de otra forma, aunque ya no husmee con hambre ningún resto. Andar a donde quiera sin que el imán de Luis la ancle a un retorno. Recorrerlo todo como si nada fuera umbral. Cualquiera diría que por fin se marcha y por su propia voluntad.

Parece tener certeza de que alguien la espera, pues dobla sin titubeos por la trocha pequeña que serpentea hasta la casa de la otra mujer, incrustada en las faldas de la siguiente colina. Inspecciona por un rato a las vacas que duermen en el potrero aledaño y que ella nunca ha visto tan de cerca. Gruñe. ¿Le recordarán en algo a los cuerpos trozados que colgaban en las carnicerías del centro o será distinto el aroma del animal vivo? Una luz ilumina el corredor que bordea la casa pequeña a donde se encamina. Un gato se trepa con afán al techo de la casa. Ella investiga los alrededores con parsimonia, aspirando las grietas del piso del lavadero, los arbustos de uchuvas y el moral de la huerta oscura. Se acerca al corral donde parece sorprenderla la redondez pesada de la oveja, con su aroma a lanolina y hierba. Gruñe de nuevo, pero parece como si esta vez no fuera necesario ladrar. Después de olisquear los bordes de la casa y el gallinero, como si al fin estuviera satisfecha con los mapas que ha trazado, acaricia con el hocico la ranura de la puerta. Seguro que reconoce, detrás de la madera, a la mujer que la saluda cada mañana con cariño lacónico cuando entra por el portón de la otra casa. Se tiende en el tapete de la entrada, como si ese umbral fuera una guarida que la estaba esperando hacía tiempo. Se lame con devoción las rodillas y se rasca con los dientes las almohadillas de una pata en la que quizás se le ha incrustado una espina.

Entra y sale del sueño. Tal vez la sorprendan aún los cantos de las lechuzas que se oyen con más fuerza en ese bosque que se trepa cerca. Alguien podría pensar que tras la victoria de esa noche comienza a derretirse la primera capa de su desasosiego.

En las noches de las semanas siguientes, Kati se niega a dormir con Ladrón, a pesar de los ruegos de ambas mujeres. En los primeros atardeceres desde que empezó a andar, acepta quedarse en el tapete del patio de la mujer que la trajo de Bogotá cuando se lo ordenan. Luego espera a que todo esté oscuro, se sacude y enciende los resortes alegres de sus carnes para alejarse trotando hacia la casa de la otra. Escudriña todo con menos afán que al comienzo. Algunas veces trota por el camino principal que hicieron las retroexcavadoras una década atrás y otras toma la ruta ondulada de cientos de años que ahora la gente solo usa de atajo. A veces forja su propio paso por el monte sorteando helechos, chusques y lianas. Con la nariz mina la tierra para luego exhalar al aire las sustancias. A lo mejor aún la sorprenden los nuevos rastros de criaturas que encuentra. De vez en cuando se detiene un largo rato a descifrar con devoción el universo que anuncia un hueco o el borde de una roca. Parece estar puliendo una soberanía nueva. Quizás en esa oscuridad que la anima a serpentear por el bosque comience a habitar otro espacio-tiempo. No el de la noche del descanso trajinado de las mujeres ni la vigilia oficiosa de Luis ni los turnos agotadores de las trabajadoras de los moteles al pie de su parque del centro ni las horas que se cuelan por las luces de neón de las jaulas de la Unidad donde aún vive Mona cuidada por el hombre que las quiere. Un lapso acogedor hecho de paso y fibra y cieno y graznidos y ululeos y olores y flujo que no puede ser contabilizado. Miasma resonante y acústico que rompe toda duración y sus medidas.

Solo cuando quiere, quizás cuando ya el monte le ha contado tanto en onda y sustancia, Kati se arrima a la puerta de la cuidandera. Como quien encuentra un nicho breve para el reposo después del vagabundeo.

Cada mañana retoza en la puerta del rancho cuando la mujer le abre la puerta, como agradeciendo su hospitalidad. Se corcovea contra sus piernas rotundas como lo hacía con Mona cuando el hombre de la Unidad les abría las rejas de la jaula. ¿Invocará en el baile a la amiga que siempre brincaba con ella? Quizás en esos saltos agradezca el cariño sobrio que le ofrece esta mujer. Tal vez prefiera que no le pongan palabras a todos sus gestos, que no haya alguien siempre bregando para descifrárselos. Puede que en la cuidandera que la invita a entrar a su cocina oscura resuene algo de la presencia de Luis, que siempre la acompañó con amistad parca y sosegada y supo acogerla en los silencios, que quiso respetar sus callejeos sin querer domarle la osadía. Parece que disfruta acompañarla a desayunar al pie de la estufa de leña, al ritmo de la música del radio (acepta contenta el hueso de costilla), y luego a amarrar a la oveja en el potrero, sacar a las gallinas, llevarle agua a la vaca y rociar los árboles jóvenes que la patrona le regaló a la mujer para su casa. Después la sigue por la ruta sinuosa que se acopla a las formas de la montaña hasta que llegan a la otra casa. Con una voluntad nueva se traga la comida que siempre está servida en donde estaba destinada a vivir. Se deja acariciar de la mujer que la arrancó de Bogotá, y parece que sus huesos ya no quisieran huirle, así como se le fueron acostumbrando también al hombre de la Unidad un tiempo atrás.

Al comienzo, cuando Kati se fuga, la mujer siente una desilusión parecida a la que la ataca cuando saca piedras de los ríos que bajo el agua presumen su brillo, pero que se opacan y palidecen afuera, negándose a anunciar su maravilla. Se pregunta qué estrategia soterrada ha inventado su empleada para que la perra prefiera irse a pasar la noche con ella. Quisiera deshacerse de los celos con los que la resiente. La otra le ha explicado que desde pequeña le han pedido posada perros y gatos porque saben reconocer que ella siempre está dispuesta a abrirles la puerta. Ha dicho que desde que se le murió Nube, la perra que le regaló un vecino una década atrás, ella tenía la intuición de que alguien más llegaría a acompañarla, aunque no imaginara que sería la Leidi.

—Doña Gloria, yo le juro por mamita María que yo no he hecho nada para que ella se venga a mi casa.

A la patrona le molesta el orgullo de su voz, pero intenta mostrarse ligera.

—No se afane por mí, Teresita, que yo ya me estoy haciendo a la idea de que Leti es demasiado independiente. Eso sí, es más terca que una mula y hace lo que se le da la hijuemadre gana, carajo, pero igual así la queremos, ¿no? Por lo menos creo que ya entendió que su vida está aquí. Así no duerma en la casa principal yo dudo que se nos vaya a escapar, ¿no es cierto? Así tenga dos casas, ya sabe que aquí la amamos y eso es lo importante.

Aunque a veces se pregunta qué otra cosa podría hacer para que la perra comprenda que ella es su dueña (alcanza a contemplar amarrarla en las noches, pero tras consultarlo con su sobrina se refrena), la mujer empieza a reconocer que desde que duerme afuera el animal tiene una vitalidad más diáfana y ligera. Sus carnes parecen latir con menos tormento. Entonces va dejando de asomarse al patio en las noches a pedirle que se quede. Ya no se ofusca cuando los domingos la perra espera el día entero en la casa de su empleada mientras esta baja al pueblo. No especular qué le pasa, no rogarle que se amañe la llena de un consuelo que nunca había sentido. Entender que la perra no pide ser suya y que no va a convencerla le aplaca la angustia inicial de no poder darle un refugio. La deslumbra esa determinación que carga después de los destierros. La convicción y el arrojo que contonea por los caminos. Aunque sabe que sería imposible, a veces llega a desear volverse como ella. No aferrarse a tantas cosas. Atravesar la tierra sin esa manera humana de doler. Tener otra comprensión de los abandonos.

En las noches de comienzos de abril, después de tres meses de vaivén nocturno por las rutas que surcan entre sus dos casas, cuando ya Kati ha explorado las colinas y entiende más el bosque abigarrado, las bandadas de pájaros migratorios comienzan a revolver el aire encima de ella. Quizás perciba la agitación. ¿Olerá distinto el mundo cuando miles de aves revolotean hacia otras tierras, destilando por sus alas polvos de follaje? Quién sabe si Kati los note y se sorprenda.

Una mañana de domingo en que Kati se ha quedado en el umbral esperando a que la mujer regrese de su día libre en el pueblo, como ya es costumbre, la sobresaltan las voces de unos hombres en la falda del monte que separa las dos casas. Ella ya conoce bien esas laderas, pues por allí suele abrirse camino algunas noches para ir de un punto a otro o para perseguir ratones, comadrejas y ardillas. Nunca se ha topado con gente entre esos árboles y quizás por eso le sorprendan los gritos que resuenan al pie de la quebrada. Una nube acaba de entrar a abandonarse entre las ramas, sacrificada y gozosa. Kati no debe de ver bien el monte tras el telón de bruma, pero de pronto sí detecta el sudor de los hombres que traman algo bajo los árboles.

Ella no sabe, pero la mujer sí, pues creció allí y nunca se ha ido, que en el pedregal que abrazan las raíces del bosque hay un antiguo cementerio indígena. La madre de la mujer, su abuela y su bisabuela contaban del tunjo que se les aparecía de vez en cuando en la quebrada anunciando las tumbas. Una estatuilla de oro de un hombre que resplandecía entre el agua, pero al que nunca quisieron acercarse porque podía ser de mal agüero. La mujer recuerda que en su infancia varios vecinos al arar encontraron ollas antiguas. Sabe que desde hace mucho tiempo a algunos bosques de la vereda que nunca han sido talados llegan guaqueros a intentar expoliar las tumbas custodiadas por los árboles. A veces las dinamitan en busca de vasijas, figuras talladas, esmeraldas y oro enterrados con la gente que moró allí hace siglos. No olvida la regla de su bisabuela de proteger el monte de intrusos que quisieran molestar a los muertos, ni la angustia de su abuela de que después de ellos llegarían otros a talar. De pequeña, por la época en que su mamá echó a unos hombres de allí con la escopeta, ella recorría esas rocas forradas de musgo con sus hermanos, batallando zancudos, especulando sobre las vidas que moraban bajo la tierra, ilusionada con un día toparse con una esmeralda que los hiciera ricos. Una vez hurgó en el hueco de una roca dinamitada y sacó un tiesto con rayas rojas, pero nunca se lo contó a nadie (aún guarda el tiesto en el cajón de la cocina). Ni su madre ni su abuela supieron responderle alguna vez si los indígenas que yacían en ese cementerio al pie de su casa eran los mismos que habían saltado de la peña famosa que quedaba cerca cuando llegaron los españoles a perseguirlos. Y ella nunca se preguntó si los huesos enterrados allí eran de sus antepasados, aunque tampoco pueda imaginar que su familia provenga de un sitio distinto a esa tierra.

Es posible que en otras ocasiones, al cruzar la ladera pedregosa, Kati haya detectado los huesos porosos y gastados que antes acogían gente y ahora son morada de hongos y escorpiones. Tal vez sepa reconocer el hedor que despiden entre los de las otras criaturas que pueblan el mundo subterráneo.

Furiosa, Kati ladra desde el potrero cuando los gritos de los hombres retumban en el bosque. Adorna cada una de sus quejas con gruñidos. El ladrido con que Ladrón le responde a lo lejos parece darle más potencia a su denuncia. Erizada, quizás busca comprender hasta dónde llegan sus reinos. En Bogotá un par de veces sorprendió a algunos ladrones que querían robarle a Luis cosas de la carreta y logró escarmentarlos con su ira. Con el pelambre erguido galopa hacia los guaqueros, que siguen llamándose entre los árboles. Hasta que la frena un petardo que retumba entre los troncos y rebota entre las cimas. ¿Recordará las explosiones que la asustaban cuando había protestas en el centro? Siempre quedaba como enloquecida con el totazo y se escabullía buscando guarida, hasta que Luis la encontraba temblando debajo de la carreta. Pero ahora no escapa. Explota en ladridos más bravos cuando se disipa el eco y retornan las voces. Alguien diría que la rabia espumosa y gutural que truena entre sus dientes se parece a la que expulsó cuando se lo llevaron a él, ese día en que comenzaron a incumplirle todas las promesas.

Quién sabe si, absorta como está en la invasión de los hombres, la perra note los pájaros que salen desperdigados de esas ramas por el estallido de la dinamita.

Carpinteros
una pava
las alondras
carriquíes
colibríes
jilgueros
turpiales
candelitas
matorraleros
sirirés
verderones ojirrojos
un tucancito
y la tángara.

Algunos de ellos, los que justo se preparan para volar muchas noches hasta los veranos del norte, ya conocen explosiones parecidas, pues la gente echa pólvora en todas partes. Pero no por eso se sobresaltan menos. A lo mejor Kati alcanza a detectar el revoloteo furtivo que les permite largarse de allí.

Es probable que no alcance a ver a la tángara escarlata que aletea por encima de ella, azarada, expulsada antes de tiempo de las copas más altas de los robles donde se había asentado solo un poco. Llevaba días inquieta, atiborrándose de insectos y semillas, acogiendo en el pecho un nuevo colchón de grasa, expulsando las plumas más viejas para alojar las rojas nuevas, alistándose para el largo viaje hasta el bosque septentrional. Aún le faltaban unos días para ensancharse más, hasta que la señal magnética y estelar que sabe reconocer la impulsara a cruzar el continente de nuevo.

Perro y pájaro coinciden, a lo mejor sin notarse, en el bosque antiguo y en las vibraciones del corazón que les retumba a mil después de la explosión. En el susto de presenciar tantas emboscadas. Y en el nervio afilado que los anima a tratar de resistirlas.

Cuando parece recuperarse del aturdimiento, Kati ladra de nuevo, lanzando un proyectil de babas por entre la penumbra. Galopa hacia la quebrada que surca la falda del cerro donde se retuercen los arrayanes centenarios y la bruma se mezcla con el humo. Ignorándola, cuatro hombres cargados con bolsas corren en dirección contraria perseguidos por cientos de abejas. Son las advenedizas que la mujer trasladó de las afueras de Bogotá hasta ese monte. Quizás estén hastiadas de tanta artería y por eso ahora se vengan.

Como si algo la frenara, Kati parece dudar si debería aventárseles a los hombres que tratan de huir de las abejas. Hasta que una le clava el aguijón en el hocico y otras se le enredan en la pelambre del lomo para anclar allí su indignación. La perra se sacude toda como buscando deshacerse del ardor que brota de tantas punzadas. Pero parece ganarle la cólera contra los intrusos que escapan y galopa tras ellos. Interrumpe un par de veces su carrera para atender el picor hasta que alcanza a los hombres, que se montan en dos motos estacionadas al borde de la carretera. Quizás otra vez crea, como a lo mejor le pasó en Bogotá, que sus piernas igualan en potencia a cualquier máquina, que con su velocidad y ladrido podrá someterla. Acercándose a las llantas de una moto se lanza a la pierna de uno de los hombres. La jala con tanta fuerza que la moto resbala en el barro. Kati se abalanza a morder otra pierna hasta que una patada enérgica la empuja a la cuneta. Sus costillas rebotan contra unas piedras. Tal vez la punce un retortijón insólito. Mientras se repone del golpe y salta al camino para atacar de nuevo, los hombres aceleran y le ganan la carrera. Como gastada, Kati se detiene por fin entre la polvareda. Se dobla en dos para tratar de atender las picaduras que a lo mejor la queman más. Quién sabe si los raspones que le surcan la panza y el lomo le narren alguna forma de la injusticia.

A Kati se le hinchará el hocico por culpa de las picaduras y por algunos días se rascará las ronchas que le quedaron en las patas y el lomo. Con la lengua se sobará de vez en cuando las cicatrices que le dejaron las rocas.

Cojeará cuatro días de la pierna que recibió la patada, pero no abandonará su vaivén nocturno. Quizás le rechinen las costillas magulladas. Sin saber que fueron los guaqueros los que alborotaron su mañana, las mujeres la cuidarán con pomadas y emplastes de hierbas, cada una a su manera. Una se preguntará si la perra intentaba escaparse, si alguien quiso robarla o si buscó una pelea. La otra concluirá que molestó a las abejas por andar cazando criaturas y se hirió con la fuga.

Muchos de los pájaros exilados retornarán a la loma donde ocurrió la invasión porque saben no dejarse quitar tan fácilmente la morada.

Antes de iniciar el retorno a sus otras tierras, la tángara escarlata pasará algunos días más en una montaña aledaña que lleva siglos tapizada por árboles hospitalarios siempre dispuestos a dejarse invadir y mordisquear por otros, a albergar los deseos de criaturas ajenas. Allí comerá desenfrenada hasta la cuarta noche, cuando la luz le ordene partir, quizás para alivio desus vísceras.

La mañana del domingo siguiente, Kati caminará con la mujer hasta la casa de la jefa, quien habrá decidido que la perra ya no debe quedarse sola cuando la empleada baje al pueblo en su día libre. Pero apenas pueda Kati se escabullirá de ese patio al umbral de la otra casa, cerca del monte de las tumbas y las abejas, donde espera y reina. Donde solo a veces habitan los pájaros errantes y otros viven sin necesitar mudarse.

Quizás el saqueo le germine el afán de defender el bosque de huesos centenarios que ahora revela más los miasmas de los muertos. Tal vez la invasión le haga brotar un nuevo vínculo. Pero de pronto no. Quién sabe si desde allí, en sus trotes contentos por los caminos, invoque a Mona. Si la añoranza siga vibrando pero se vuelva cada vez más tenue.

VI
Por todas partes

A una parte, y a otra, esto es, por aquí, y por allí, por todas partes. acsieque
Bolver una lengua en otra, traducirla. yquy zegucasuca l. yszeguscasuca

ANÓNIMO, *Gramática breve de la lengua Mosca* (c.1612)

Felipa dice que los grillos hacen ruido siempre, sin pararse ni a respirar, para que no se oigan los gritos de las ánimas que están penando en el purgatorio. El día en que se acaben los grillos, el mundo se llenará de los gritos de las ánimas santas y todos echaremos a correr espantados por el susto.

JUAN RULFO, "Macario"

La palabra, pues, tiene que desmenuzar el mundo. El canto de los patos negros que nadan en los lagos de altura, helados, donde se empoza la nieve derretida, ese canto repercute en los abismos de roca, se hunde en ellos; se arrastra en las punas, hace bailar a las flores de las yerbas duras que se esconden bajo el ichu, ¿no es cierto?... La palabra es más precisa y por eso puede confundir. El canto del pato de altura nos hace entender todo el ánimo del mundo.

JOSÉ MARÍA ARGUEDAS, *Los ríos profundos*

Primero porque es verdad, y luego porque las leyes de este relato —ya cargado en exceso de lianas, hojarasca de todo tipo, volutas vegetales y floripondios— así lo exigen, diré que el río no estaba lejos.

SEVERO SARDUY, *Colibrí*

ziiiiiiir   ziiiiiiir   ziiiiiiir   ziiiiiiir   ziiiiiiir

            tiiturutiiiit tiiiturutiiiit

  tiit tiiit tiiiit tiiit   tiit tiiit tiiiit tiiit

tuutuutituutiiiiiiiiiiiiiii tuutuutituutiiiiiiiiiiiiiii   tuutuutituutiiiiiiiiiiiiiii

      jjjjjjjjjjjjjjjjjjjjjjjjjjjjjjjjjjjjjjjjjjjjjjjjjjjjjjjjjjjjjjjjjjjjjjjjjjjjjjjjj

                  tutitutrrriiiiiiiiiiiiii   tutitu

ffffffffff fffffffffffffffffff ffff ff   fffffff f ffff ffffffffffffffffffffff ff ffffffffff fffff ff

  tutui- tutui- tutui   tutui- tutui- tutui

                  tuti tutiii tutitutiiii

    kiukiu-kiukiu kiukiu-kiukiu kiukiu-kiukiu   kiukiu-kiukiu kiukiu-kiukiu kiukiu-kiukiu

    rrurru- rrurru rrurru- rrurru   rrurru- rrurru   rrurru- rrurru

cómo quisieeera ay que tú vivieraaas que tus ojitos jamás se hubieran cerrado nunca y estar miráaandolos

  trrrrrrrrrrrrrrrrrrrrrrrrrrrrrrrrrrrrrrrrrrrrrrrrrrrrrrr   trrrrrr

    tuutuutituutiiiiiiiiiiiiii tuutuutituutiiiiiiiiiiiiii tuutuutituutiiiiiiiiiiiiii

    gzzzzzzzzzzzzzzzzzzzzzz

cómo quisieeera ay   ¡Leidi, a desayunar! ¡Venga pa'cá no se me meta al monte a buscar problemas!

  bouuuuf boouuuuuuuf bouuuuf grrrrrrrr   buuuuf   booouuuuufff

Solo un poco aquí de María Ospina Pizano
se terminó de imprimir en noviembre de 2023
en los talleres de
Litográfica Ingramex, S.A. de C.V.
Centeno 162-1, Col. Granjas Esmeralda, C.P. 09810
Ciudad de México.